U0122250

# 海华沙之歌

〔美〕朗费罗 著

王科一 译

商务印书馆
The Commercial Press

H.W. Longfellow

## THE SONG OF HIAWATHA

本书根据 George Bell & Sons, London 版本译出

# 汉译世界文学名著丛书
## 出 版 说 明

1902 年，我馆筹组编译所之初，即广邀名家，如梁启超、林纾等，翻译出版外国文学名著，风靡一时；其后策划多种文学翻译系列丛书，如"说部丛书""林译小说丛书""世界文学名著""英汉对照名家小说选"等，接踵刊行，影响甚巨。从此，文学翻译成为我馆不可或缺的出版方向，百余年来，未尝间断。2021 年，正值"汉译世界学术名著丛书"出版 40 周年之际，我馆规划出版"汉译世界文学名著丛书"，赓续传统，立足当下，面向未来，为读者系统提供世界文学佳作。

本丛书的出版主旨，大凡有三：一是不论作品所出的民族、区域、国家、语言，不论体裁所属之诗歌、小说、戏剧、散文、传记，只要是历史上确有定评的经典，皆在本丛书收录之列，力求名作无遗，诸体皆备；二是不论译者的背景、资历、出身、年龄，只要其翻译质量合乎我馆要求，皆在本丛书收录之列，力求译笔精当，抉发文心；三是不论需要何种付出，我馆必以一贯之定力与努力，长期经营，积以时日，力求成就一套完整呈现世界文学经典全貌的汉译精品丛书。我们衷心期待各界朋友推荐佳作，携稿来归，批评指教，共襄盛举。

商务印书馆编辑部

2021 年 8 月

# 译者前记

今年是杰出的美国诗人朗费罗诞生一百五十周年。世界和平理事会号召我们纪念这位杰出的诗人。朗费罗非但是一位在当时深受美国人民（包括成年和儿童）爱戴的、家喻户晓的诗人，而且他在欧洲也享有广泛的声誉。此外，他还是一个文学研究工作者，通过大学的讲坛和自己的翻译工作，给美国人民介绍了欧洲文学的宝库，并编写法、西、意、德等各国文学的课本，传布欧洲文化，从而对自己民族文化的建立起了有益的影响。尽管他的诗作难免有其近似平庸和伤感的一面，然而一般说来，人们都认为他是一位深具同情心的诗人，是普通人民的桂冠诗人。

诗人以1807年2月27日诞生于美国东北部的缅因州波特兰城，那是当时美国资产阶级的文化中心，加上他父亲是个比较富裕的律师，因此他受到了优越的教育。朗费罗的一生没有参加过什么重大的政治活动，然而当时的欧洲正处于革命运动风起云涌的时代，他多多少少也受了些影响；而且美国东北部当时也已进入工业发展的时期，资产阶级正在走上坡路，贯穿在朗费罗的诗作里的乐观主义足以表现当时那种进取的时代精神。

他十五岁进入缅因州的波多因学院读书；后来成为美国著名小说家的霍桑是他的同班同学。校址在白兰斯威克镇，离开安得鲁斯考金河上那富有罗曼谛克意味的瀑布很近，而且这地方充溢着印第安景物和传奇，环境的感染对于他后来以印第安人的生活为题材而写成的那些诗篇，大概多少不无关系吧。朗费罗十三岁就开始写诗，在他大学毕业的那一年，他曾写信给他父亲说："我非常地渴盼着将来能在文学事业上取得卓越的成就，我整个的灵魂为这件事炽燃着，我每一个世俗的念头都集中在这件事上面。"但是他父亲回答他说："对于一个不虞匮乏的人来说，从事文学事业是愉快的，但是在这个国度里，还没有足够的资财用来对文人施行鼓励和优惠。既然你没有这个幸运……出生于豪富之家，那你就得选择一个非但能助长声誉，而且也能维持生活的职业。"不得已，毕业后，他只得到他父亲的法律事务所里去学习法律。他说："这个职业可以维持我的实际生活，而文学才是我的理想职业。"

幸好不久波多因学院提出要他出国留学，回来担任现代语文教授。他欣然允诺，花了三年工夫走遍了英、法、意、德、西、荷诸国，学习各种语言，并从事于各国历史、文学，以至民情风俗的研究。当时美国人到欧洲去的还很少很少，欧洲在人们的心目中似乎是一个传奇的世界；朗费罗在这次欧行中扩大了阅历和感受，储备了诗的素材，而且还写了一本《海外记游》，风格很象欧文的《见闻杂记》，于 1835 年出版。

　　回国后的五年，他一直在波多因学院教书，工作非常吃重，简直没有余暇从事写作。当时哈佛大学最负重望的近代语文教授第克诺准备辞职，推荐朗费罗继任，于是朗费罗于1835 年再度出国，花了一年多的时间研究斯堪的那维亚诸国、瑞士以及德国的十八九世纪的文学。在这段时期里，他写了本自传体小说《海帕里昂》，1839 年出版。不幸也就在这段时期，他的夫人病死于荷兰。

　　从 1836 年起，他在哈佛大学一直任教了十八年之久。他重新结了婚，有了孩子，住在从前作为华盛顿总司令部的克来其宅邸，努力写诗，声名大震。他的最重要的长诗之一《伊凡吉琳》（1847）就是在这个时期写成的，另外还写了好些诗，翻译了好些作品。这一段时期的生活可以从 1845 年他的一段日记里看出来：

　　　　熄灭的灰烬里有着和平；恐惧、焦虑、猜疑，全都敛迹消踪了！我看见它们象一缕淡淡的蓝烟，悬荡在隔年的明朗的天空中，转眼化为乌有。并不是多少希望受到欺蒙，并不是多少幻想遭到破灭，并不是多少预期落了空；而是因为充溢着爱，心灵是快慰的，灵魂受到感情的滋育。

　　1854 年辞去教职，企图专心致力于创作。在以后的七年中，他的生活是恬静愉快的，写了最出名的长诗《海华沙之歌》（1855）。1861年，他的第二个妻子衣服着火，焚身而死。他虽然悲痛，依旧努力从事创作和研究工作，并且接待远自各处来拜访他的客人——特别是孩子们，每年来给他祝寿的几乎一年比一年多。1882年，在庆祝了七十五岁寿辰的不久，他就与世长辞了。下面我们摘录他生前最后的一篇诗作《商·勃拉斯的钟声》的最后一阙，以见诗人的乐观主义：

　　噢，商·勃拉斯的钟声，

　　你徒然地召唤往昔的时辰！

　　　　往昔听不见你的祷告；

　　透过夜的幢幢暗影，

　　世界滚进了光明；

　　　　到处是一片光破晓。


　　以上是诗人生平事迹的一个梗概；接下来将简略地谈一谈他的诗和他的研究工作的成绩。

　　从1839年《夜吟集》的出版到1845年《流浪儿》的出版，这一段时期我们姑且把它划为诗人的早期。在这个时期，他有两项重要的成绩。第一，作为一个教育工作者来说，他不仅教育着学院里的学生们，而且在介绍外国文化方面，也起了拓荒者的作用，丰富了他祖国的文化积累，从而教育了整个民族。这方面的重要贡献是《欧洲诗人和诗歌》的编译工作（1845 年出版）。第二项成绩是他的朴素而富有人情味的诗创作。在 1839 年出版的他的《夜吟集》中，包括了许多不假雕琢而深得人心的诗篇，如《生之礼赞》《夜之颂》《天使的足迹》《花朵》等，这些诗篇对于中国读者并不是陌生的，差不多凡是在解放前读过中学的人，都读过这些诗篇，而其中《生之礼赞》一首，在 1838 年匿名发表于《尼克波克》杂志时，立即轰动全国，被誉为"美国良心的悸动"，各地报刊都纷纷赞誉，他同时代的诗人惠第尔曾这样写道："我们不知道这位作者是谁，但知道他（她）一定是不同凡响的。这九节简单的诗的价值胜过了雪莱、济慈和华兹华斯的全部梦想。诗里活跃着我们所生活的这个时代的时代精神——是这个行动的时代里的一部道义的蒸汽机。"我们来看看这个诗篇里的一部分诗句吧——

在广阔的人世间的战场上，
　在人生的营帐中，
别象哑口无言、听人驱使的牛羊！
　而要做一个战斗的英雄！
…………

多少伟人的生平都提醒我们，
　我们也能使自己的一生灿烂辉煌，
等我们辞别人间，要把我们的脚印

留在我们身后的时间的沙滩上。

留下脚印，也许有后来的人，

　　航行在这生命的庄严的海洋上——

一个翻了船的兄弟，寂寞凄清，

　　见了这脚印，又将变得坚强！

…………


这些诗句不是铿锵可诵吗？不是充满着进取的、乐观的热情吗？这种热情正表现了当时处于上升阶段的资产阶级的积极思想，也道出了普通一般人民的进取心。

　　这时期里还有三种重要作品：第一种是《歌谣及其他》（1841），其中有几首诗值得我们注意：《乡村铁匠》一首足以表明诗人具有忠实描写现实的能力，它的主题是劳动，它的英雄是一个普通的乡村铁匠，诗人在这里表现了对劳动人民的热爱；在《精益求精》这一首富有罗曼谛克意味的短诗中，诗人"具象化了追求理想的人们的热情"（米哈依洛夫语）；另外《穿甲胄的骷髅》也是一个名篇。第二种重要作品是《反蓄奴制的组诗》（1842），曾由车尔尼雪夫斯基和杜勃罗留波夫的同时代人——诗人米哈依洛夫译成俄文，发表于《同代人杂志》上。这些诗"充溢着正义感的愤怒，泼辣地谴责了一个迄未能够涤除奴役制的斑点的自由国家"。由于这些诗篇里所描写的黑人的悲惨命运与当时俄国农奴的命运颇有共同之处，所以激起了广大读者的共鸣，其中《奴隶的梦》一首尤为有名。第三种重要作品是《勃鲁吉斯的钟声及其他》（1846），其中包括最著名的抒情诗《白天过去了》《黄昏星》，以及反对战争、歌颂和平的《春野的军械库》。

诗人的第二个时期包括从 1845 年到 1860 年的十五个年头。在这个时期里，诗人的修养更加成熟了，写出了很多比较完善的作品，他的三部有名的长诗——《伊凡吉琳》《海华沙之歌》和《迈尔士·斯坦第绪的求婚》（1858）都是在这个时期出版的。此外短诗集则有《海边与炉边》（1849），诗剧则有《黄金的传奇》（1851）等。三首长诗中的《海华沙之歌》将留待最后专页讨论。我们先来谈谈《伊凡吉琳》。这首诗写的是：1775 年，英国政府以暴力将一个殖民地村落——阿喀第村的全村人民赶往异地，其中有一对即将结婚的青年男女在上船时走散了，后来那女的（伊凡吉琳）到处奔走寻找她的爱人，最后在她当护士的一家公立医院里找到他时，他已是一个垂死的老人了。整个诗篇写得很是凄婉动人，充满着一种特有的生活气息，诗人处处以他的深厚的同情歌颂着劳动人民对待爱情的坚贞，并唤起人们去憎恨那些给人们造成灾害的殖民主义者。这个诗篇初问世时，曾遭到爱伦·坡以及许多批评家的攻击，但是却赢得了广大人民的赞誉，而且它的"长短短六音步"在英诗中是有其公认的地位的。

其次谈到《迈尔士·斯坦第绪的求婚》。这是根据朴来茅斯殖民州早期历史上一个美丽的故事写成的。该州的首领斯坦第绪爱上了一位名叫普丽斯茜拉的姑娘，请求他的一位比他教养高的朋友约翰·阿尔顿去替他求爱。阿尔顿也爱这位姑娘，但友情难却，终于替他捎了信，姑娘回答得非常妙，她说："约翰，你为什么不为你自己求爱呢？"斯坦第绪求爱不成，愤然离去，参加一次印第安战役去了，他也未曾向阿尔顿告别。从此阿尔顿与普丽斯茜拉朝夕相聚，感情日益滋长，不久又听到斯坦第绪死亡的消息，旋即准备结婚，但事实上这项消息是讹传，斯坦第绪不久就回来参加他们的婚礼，并请求他们原谅他当初出于一时愤激，不告而走，从此三人成了好友。这首诗依旧用的是六音步，但这个诗篇无论在艺术手法上，在韵律的运用上，都比《伊凡吉琳》逊色。

最后，简略地谈一谈从 1861 年到 1882 年诗人逝世的这一个时期。这时期的作品表明了诗人的感情的更其深沉，艺术手法的更其精到。他又回到早期试验阶段的道路上来，动手写十四行诗、歌谣、抒情短诗。这期间的重要诗集有 1866 年出版的《鸢尾及其他》，其中收有六首论但丁《神曲》的十四行诗；1875 年出版的《潘道拉的假面具剧及其他》，其中包括《乔叟》《弥尔顿》《莎士比亚》《济慈》等十四行诗。他还翻译了但丁的《神曲》，这是他很重要的贡献之一，在他关于《神曲》的几首十四行诗中，其中有一首曾提到，他之所以要花几年工夫做这个工作，是为了借此忘掉妻子被焚死给他所带来的悲痛，尽管如此，这部世界名著是译得很严谨的。据说朗费罗当时每星期总有一次请些诗友们到家里来吃饭，把自己的译文读给他们听，听取他们的意见，足见他工作态度的审慎。顺便提到，诗人的编译工作除了《神曲》和前面提到的《欧洲诗人和诗歌》以外，还有《流浪儿》《迷途者》（1847），另外还翻译了许多南北欧的诗歌，并参加三十一卷的《各地诗歌集》的编选工作（1876—1879）。

《路边客店故事集》（1863—1873）是按照《十日谈》《坎特伯雷故事集》的体例而写成的故事诗集。故事的题材取自多方面，有中世纪的传奇，有现代的历史，有当地的传说。其中最活泼的一些故事都包括在《国王奥拉夫的传说》里面。另外还有两篇短诗也很有名，一篇是《保尔·里弗里的跑马》，叙述1775年美国独立战争中的一个富有爱国主义的插曲；另一篇《斯坎德尔白格》，系描写中世纪阿尔巴尼亚人反抗土耳其统治的故事。这两首诗在苏联出版的今年二月号的《外国文学》上已有介绍。在整部诗集中，能够表明朗费罗的创造能力的是《吉林渥斯的鸟儿们》，诗人在这里创造了一个美国传奇。整个诗集的故事大体上都写得很自然，明净，娓娓动听。

朗费罗一生的作品很多，其他没有提到的不打算继续介绍了——现在这样恐怕已经是够罗苏的了。

概括说来，朗费罗在美国文学史上，乃至在世界文学史上，是有其一定的地位的。我们尽管说，他的局限性很大——一生大部分时间都消磨在大学区，身经惊天动地的反蓄奴制时代，而他充其量只是写了几首富有正义感的反蓄奴制的诗，他的诗缺乏创造力，大都乞灵于书本，例如《伊凡吉琳》受歌德的《赫尔曼与杜鲁茜亚》的影响，《路边客店故事集》的体制系模仿《坎特伯雷故事集》，《西班牙学生》又受塞万提斯的《吉坦尼拉》的影响，等等，但是，在指出他的缺点的同时，我们决不能忘记他的优点。他的博学，他在美国文化园地里的拓荒功绩，他的辛勤不倦的教学工作，都是不可忽视的。有人曾经说过，朗费罗的诗虽好而不伟大，虽然讨人欢喜但缺乏想象力，因此只有暂时的价值而没有永久的价值，然而，时间是一位最公正的裁判官，朗费罗的诗毕竟得到了广泛与久远的流传。这主要是由于他的人道主义的观点，他对人类的爱，对孩子们的关怀，他的人民性，他对被压迫者和被迫害者的同情，他的诗的风格的简朴，明净，自然，家常味，表现了当时的时代精神。一般说来，他的长诗除了《海华沙之歌》《伊凡吉琳》和《迈尔士·斯坦第绪的求婚》三首一直是人们传诵的名著以外，其他的篇章均不甚普及，他主要是以十四行诗和抒情短诗见长的。作为对这位杰出的美国诗人生平简介的结束，作为对这位世界文化名人诞生一百五十周年的崇高纪念，我们把他一首最出名的歌颂和平、反对战争的短诗《春野的军械库》的最后几节介绍如下：

只消把一半用于兵营和宫廷的财富，

　　只消把一半用于制造恐怖的力量，

拿来拯救人类的脑子，使它不再误入歧途，

　　那么不要堡垒和军械库又有何妨！

…………


沿着朦胧的未来，穿过漫长的世世代代，

　　这些回声逐渐微弱，终而归于寂静；

象一架钟，它的颤音那么肃穆，逗人喜爱，

　　我再一次听到基督的话语："和平！"


和平！那战争的号角休想再示威逞能——

　　从它黄铜的大门口响起震撼天空的咆哮！

而爱情的神圣的乐曲会缓缓升腾，

　　宛如长生不老者的歌，一声声无限美妙！


　　现在，我们来谈谈《海华沙之歌》：

　　1854 年 6 月 22 日，正当诗人四十七岁的那一年，他在日记上这样写道："我终于想出了一个计划——要写一首歌唱美国印第安人的诗；对我说来，这是一个正确的计划，唯一的计划。这首诗将要把他们的许多美丽的传奇编织成一个整体。我还想到了一种韵律，我觉得这是适合于这个主题的唯一正确的韵律。"的确，《海华沙之歌》是美国的一篇伟大的史诗，只有《贝沃尔夫》《罗兰之歌》之类的作品才能和它相比。著名的德国诗人弗瑞立格拉特在他所翻译的这个诗篇的德译本的序言中曾这样写道："我的赫赫有名的朋友在诗的领域里为美国人发现了美洲。是他第一个创造了纯粹的美国诗歌，这个诗篇应该在世界文学的万神殿里占一个卓越的地位。"

那么，这首诗究竟伟大在哪里呢？我们知道，海华沙是印第安人传说中的一个民族领袖；他是相当于普洛密修斯、贝沃尔夫、浮士德这样的一个人物；他是人民的导师和人民的保卫者；他兼具着人与神的两重性质；他懂得医药、魔术、自然界的一切秘密。整个故事就是环绕着这样一个民族英雄而发展的——我们看到了这位英雄一生的事迹：教人民种粮食，捕鱼，疏浚河道，改造自然，创建文化，为了让人民能过到和平幸福的生活而竭尽了一切的力量；同时，海华沙并不是给孤立地作为一个英雄的偶象而歌颂的，并不是以一副高高在上的导师的面目去教导人民，而是和人民打成了血肉的一片，我们看到诗行里到处震颤着人民的歌声，闪烁着人民的劳动的汗水，跳动着人民在与大自然作斗争时的强有力的脉搏，我们看到了整个印第安民族印在人类历史篇章上的前进的脚迹。

《海华沙之歌》里面反映出了作者感情上和才能上一切最优美的品质。"只有那些能够使人民变成高尚和自由的诗人，才会获得声誉，他们的名字才会为人民所尊崇。"朗费罗的这几句话很适用于他自己。他的一生都充满着人道主义和乐观主义，而他笔下所描写的人生的各个阶段也都是充满着乐观主义的：童年则充满着欢乐和希望，中年则充满着进取，他笔下的老年虽然带有疲乏的色彩，却仍然贯彻着耐心的工作；《在海华沙之歌》里，情形也正是这样——海华沙的整个成长过程就标志着印第安民族在创造性的和平劳动中成长和进取的过程。尽管诗人在这里处理的是一个民间传说，然而他已在这个诗篇里面织进了他的多少美丽的幻想，对和平的赞美，对劳动的颂歌。

故事的背景是在今日的苏必利尔湖的南岸。诗人一开头在《序诗》里面，就以他雄健感人的笔触，为我们描绘了这壮丽的背景：

> 字里行间弥漫着森林的香气，
> 闪亮着草原上的露水，
> 飘浮着帐篷中袅袅的炊烟，
> 滚动着大河长江，汹涌奔腾，
> 朝朝暮暮响着宏亮的声音，
> 一旦怒吼狂啸，声震天地，
> 仿佛山间雷霆轰鸣？

这种诗情画意的境界深深地吸引着人，叫我们不由得不听着诗人的指挥，去听这支《海华沙之歌》，去听他讲述这位民族英雄"如何生活、劳动、尝尽万苦千辛；只为了要使各族人民繁荣富强，要使他的人民浩浩荡荡地前进！"

紧接着是第一歌《和平烟斗》，借一个传说，通过一个大神的出现，诗人深情地歌颂了印第安各部落人民结束连年混战、走向团结和平的伟大场景。

我没有意思在这里浪费笔墨，作故事提要式的叙述，或是逐项逐条象开中药方似的加以分析，因为这样做无异于割裂艺术的整体，破坏艺术的形象。我只能作为一个读者，一个诗歌的爱好者，说出我自己的感受（至多也只能说，经过了一年半的翻译工作，感受得稍稍深一些吧）。

读《海华沙之歌》，打个也许不适当的譬喻，仿佛在欣赏一个奇光异彩的珠串——串在上面的珍珠的形状、色彩、光泽各各不同，有纤丽的、有壮伟的、有华彩夺目的，换言之，每个歌叙述一个传说，记载一桩事件，形成一个境界；但是贯串着这个珠串的那根线——把许多传奇和传说联系成一个整体的那根线，是异常坚韧的，这根线就是海华沙这个民族英雄的形象，也即诗人在开头的序诗里就已经表白得很明显的那种深厚的人道主义：

> 你认为在古往今来的多少年代里，
> 凡是人的心灵都具有人的特征，
> 即使是一个野人，
> 他虽然不明白美好的未来，

也会对美好的未来怀着

渴望，祈求，为它努力奋斗！


具有了这样深厚的对人类的爱和信念，主题思想就十分明确了，在艺术手法上自然也就收到了小的分散的形象服从于大的集中的形象的效果。

诗篇充溢着地方色彩和民族色彩，充溢着浓烈的生活气息。这里面有异样的天空，有浩渺的海洋，有原始的处女森林，有猎人生活，有渔人生活，有奇妙的舞蹈和歌曲，可贵的不光是许许多多小的故事和传奇和谐地组成了一个整体，而是神话和现实得到了巧妙的揉合，使得一个在文化教养上较为年青原始的民族的理想，改造大自然的努力，形成了多少优美的乐章，在诗里涌现出来。因此，拟人格的手法，在诗里运用得非常好。我们光拿那描写四方的风的一歌来说，东风瓦本，"他长得又美丽又年青，他带来明媚的清晨；他用银白色的箭，在山头谷底把黑暗驱逐出境"；北风卡比波诺卡住的地方"到处是险峻的冰岩，一年四季积雪如山"；南风夏温达西从烟斗里喷出一口烟，就会使"空气里漾起柔曼的梦意，河上会泛起粼粼的涟漪，绿草会铺平山峦的崎岖"；……这样的拟人格的运用还不美吗？这样的形象思维还不丰富吗？你不会感到诗意的喜悦吗？你不想跟着诗人深入到这个充满着魅力的诗境中去吗？

诗篇中一忽儿出现了神话的尊严，一忽儿漾起童年时代的宁静的欢笑，一忽儿流溢着初恋的纯洁和温柔，一忽儿又以人类当初处于不能完全战胜自然的那个时代的痛苦，叩击着你的心弦，原始人〔原住民——编者注〕的整个性格习惯和人生观全都呈现在我们眼前了。

爱情是一个永远值得歌颂的主题。在诗篇里，我们看到印第安人的爱情是建立在男女平等、相互尊敬和共同劳动的基础上的。在《海华沙的求婚》一歌里，诗人一开头就以美妙的联想生动地歌唱了这种纯真的爱情：

> 弓弦紧缚着弓身，
> 女人偎贴着男人，
> 她把他制服，可又对他服从，
> 她引着他向前走，可又在他后面跟踪；
> 双双相依为命，缺了一个不行！

这种爱情多么地真挚感人，在第十三歌《玉蜀黍田的祝福》里，我们又愉快地看到，在印第安人的幸福的田园生活中，男女的分工劳动起着多大的作用——男人们出去捕鱼打猎，而女人们则从事于庄稼劳动：

> 围绕着这整个快乐的村庄，
> 全是玉蜀黍的田地，碧绿闪亮，
> …………

春天里，这里的娘儿们

播种辽阔肥沃的田地，

把孟达明埋进土里；

到了秋天，这里的娘儿们

剥掉玉蜀黍的黄色的外衣……

　　这种互助互爱的精神，不仅贯穿在男女夫妇之间，而且贯穿在所有的人与人之间。海华沙的两个好友——大力士夸辛和歌手齐比亚波，始终伴随着海华沙，帮助他在艰难困苦中完成了全民族的事业；在收割玉蜀黍时，男男女女，老老少少，闹闹嚷嚷地进行着愉快的劳动，欢笑着，歌唱着，显出了人类团结互助的力量，集体劳动的力量；在《海华沙捕鱼》一歌里，有这样奇妙的情节：海华沙被大鲟吞下了肚子，松鼠会帮助他去拖独木船，海鸥会替他啄开了大鲟的肚皮，救了他的生命，诗人在这里确实是善于利用神话的"永久的魅力"（马克思语），歌唱了原始的印第安人在征服自然的过程中对于互助友爱的渴望。

　　读着《海华沙之歌》，我们随着诗人的指引，徜徉于林地的幽荫之间，上空浮着悠远的、淡淡的云纱，脚下流着黑色的美国河流，空气里荡漾着松叶的清香，耳边响着松鸡和画眉的歌声——这确是一个民族、一个地域的特有的情调，但是它触及了人类的共同的命运和进程，这篇史诗之所以能够成为一部具有普遍性和永久性的巨著，所以能够获得世界人民广泛的喜爱，原因恐怕就在这里吧；而在《大英百科全书》上，"海华沙"这个词儿，其所以被解释作"人类进步及其文明的具象化"，原因恐怕也就在这里吧。我同意理查逊（Charles F. Richardson）的说法，纵使将来有一天，朗费罗的其他著作都被人漠视，遗忘，他将仍然会以《海华沙之歌》的作者的身份而闻名于世的。

最后，让我再来个三言两语，交代一下原诗的韵律，以及我在我的中译文里的处理方法：原诗用的是"四音步扬抑格"，无脚韵。试举《序诗》第一行为例：

should yŏu | ask mĕ | whence thĕse | sto- řies

即每行可以分为四个单元，每一单元由一个长音和一个短音组成。中译文中尽量照顾到这一点，例如上面所引的一行诗的译文大致亦可以这样划分成四步：

你如果问，| 我从哪里 | 听来了 | 这些故事

我说"大致"，是因为："四音步"尚可勉力做到，"扬抑"就很难办到了，因为中英两国文字，有其本质上的截然不同，中译文中于顾及音步之外，只能尽量做到平仄声的间隔，若要做到纤毫不爽，恐怕其效果也只是事倍功半，至少在目前我还不认为有这样做的必要——我觉得，诗人采用一种韵律的格式，是为了指导读者如何去读他的诗，如何通过一定的节奏感去和诗人起共鸣，而读者的体会则往往会因人

而异，特别是中文诗行的朗诵，音步的划分固然不妨仿照外国诗的办法，有其一定的规律可以遵循，但朗诵者恐怕要起相当大的决定作用吧。稍读中国旧体诗的人都知道，我们古代诗人的平仄和韵脚是"一三五不论，二四六分明"，这里面就包含了一个相当大的伸缩性，何况还有不少的诗篇连这点约束也不能守，而有了变体呢！

其次，我改变了原诗的无韵体，以最大程度的可能运用了脚韵，理由是：第一，中文押脚韵容易做到；第二，原诗有浓厚的民歌色彩，中译文中用了脚韵，在传达原诗的神韵和情调上，容易奏效些。

再其次，原诗里有不少印第安字，这是诗人为了渲染民族色彩而有意用上去的，这些字大都出现于一些重叠句中，我根据情况需要，分别译为专名或同位语——例如，"孟达明"一字，开头当做拟人格出现时，则译为人名，后来成为玉蜀黍的同义语，则加上引号，表示它和玉蜀黍是同位语，余类推。也还有在极少数的情况下，诗人用这样一个字，只是为了凑足音步，而中译文中的音步已经够了，译出来，反而罗苏，于是略去不译，这样一来，中译文的行数便与原诗的行数有了百分之零点几的出入。

这个诗篇的翻译工作花了我一年半的时间，这里面的成绩和缺陷究竟构成什么样的比例，完全取决于读者的判断。我愿意听到各方面的不同的意见。

原诗有若干注解，系属于历史背景的考据性质，考虑到对读者帮助不大，从略。

又，承国内最杰出的书法家沈尹默先生惠题封面和书脊，复蒙张万里教授惠题扉页，一并致谢。[①]

王科一

1957 年 3 月 15 日至 4 月 9 日

夜 11 时 20 分

---

① 见 1957 年新文艺出版社版。

# 目　　录

# 序　诗

你如果问，我从哪里听来了这些故事，

从哪里听来了这些传说和传奇，

字里行间弥漫着森林的香气，

闪亮着草原上的露水，

飘浮着帐篷中袅袅的炊烟，

滚动着大河长江，汹涌奔腾，

朝朝暮暮响着宏亮的声音，

一旦怒吼狂啸，声震天地，

仿佛山间雷霆轰鸣？

请听我回答，请听我说明，

"这些故事来自草原，来自森林，

来自北方的那些大湖之滨，

来自奥基威人的国境，

来自达科他人的故乡，

来自深山旷野和沼泽地方，

那儿有着那苍鹭'沙沙嘎'，

它在芦苇和灯芯草丛中觅食将养。
我这些故事都是从那瓦达哈——
一个音乐家和美妙的歌手那儿听来的，
我听了就在这里反复歌唱。"

你如果问，那瓦达哈又从哪里
听来了这些豪迈劲健的歌谣，
听来了这些传奇和民间传说，
我就来回答，我就来说明：
"他这些故事是从森林中的鸟巢，
从海底水獭的洞窟，
从那苍鹰的窝巢，
从野牛出没的地方听到。

"所有的野鸟都把这些歌谣向他歌唱，
在荒野里，在草原上，或是在那
沼泽地方，满目凄凉！
为他歌唱的有鹬鸟'蔡朵华'，
还有鹧鹠'马亨'，飞雁'哇哇'，
还有苍鹭'沙沙嘎'，
还有松鸡'麦西柯达沙'！"
如果你还要继续把我追问：
"那瓦达哈是个什么样的人？
请你讲讲那瓦达哈的生平！"

我马上就来回答，

我马上就来说明：

"在那塔瓦森沙山洼，

在那清翠幽静的谷峡，

在那潺潺的水道之旁，

住着一位歌手那瓦达哈。

这儿是个印第安人的村落，

四面都是草地和麦田，

再过去就是森林连片，

森林中有一丛松树最爱歌唱，

夏天里全身碧绿，冬天里白衣素装，

它不断地悲叹，不断地歌唱。

"这些潺潺的水道，

山谷中到处可以看到，

春天里你看到山洪暴发，

夏天里白杨树下涨了潮，

到秋天白雾茫茫，

冬天里凝成发黑的水道，

这歌手的住处就傍着这些水道，

他就住在塔瓦森沙山洼，

住在那青翠幽静的谷峡！

"在那儿，他歌唱着英雄海华沙，

歌唱着一首《海华沙之歌》，

歌唱他奇异的诞生，奇异的生平，

歌唱他如何禁食，如何祷告，

如何生活，劳动，尝尽万苦千辛，

只为了要使各族人民繁荣富强，

要使他的人民浩浩荡荡地前进！"

如果你喜爱大自然的奇迹神踪，

喜爱那树林里的绿荫丛，

喜爱那草地上的阳光，

喜爱那吹过叶簇枝丛的微风，

喜爱那暴雨骤临，大雪飞降，

喜爱那滔滔的大河长江

穿过松树的栅坝奔荡，

喜爱山间一声霹雳

激荡起千万声回响，

好象成群的苍鹰在窝里振拍翅膀，

——你若喜爱这些，

就请听这《海华沙之歌》，这些豪迈的传奇。

如果你爱听民族的传奇，

爱听民间的歌谣，——

那仿佛是遥远的声音在唤召，

叫我们凝神静听，

那声调是那么纯朴天真，

叫你简直辨别不出

那是他们的话语还是歌声，

你若当真喜爱，那么就请

把这印第安人的传奇，

这《海华沙之歌》，细细静听！


如果你的心是那么年青，单纯，

对上帝和造化都具有虔信，

你认为在古往今来的多少年代里，

凡是人的心灵都具有人的特征，

即使是一个野人，

他虽然不明白美好的未来，

也会对美好的未来怀着

渴望，祈求，为它努力奋斗！

如果你认为那些软弱无助的人们

在漫漫的黑夜里胡乱摸索，

想在黑夜里摸到上帝的右手，

上帝自会把他们的双手高高举向苍天，

叫软弱的人变得强健，

如果你当真这样相信，

就请你把这个纯朴的故事，

这支《海华沙之歌》，仔细静听！

如果你有时出外散步，

走过这村野中一条条的荒草路，

那儿有密密丛丛的草莓树，

一簇一簇紫红色的莓子挂在

那长满了青苔的灰暗的墙头，

你停在一座荒凉的墓旁，

为那块字迹模糊的墓志铭

细细地思量又思量，

那不是什么精心结构的诗章，

可是在这些朴素的词句里，

每一个字都充满了希望和悲伤，

充满了对现在和未来的

说不尽的情热和凄怆！

如果真是这样，那就请你停下脚步，

把这篇粗陋的墓志铭，

这支《海华沙之歌》，细细吟赏！

# I  和平烟斗

在那大草原的高山之巅，

在那伟大的红烟斗石矿上面，

全能的"吉谢·曼尼托"，生命的主宰，

他走下山，踏上石矿的红色断崖，

昂然地站在那里，

号召大小部落，各族人民，

赶快集合，听候命令。

他的足迹踏出了一条大河，

河水跃入明媚的晨光，

越过断崖，直泻而下，

好似彗星"伊西柯达"那么闪亮，

这位大神朝向大地伛着身子，

用手指指着下面的草地，

划出一条弯弯曲曲的小径，

说道："你们来时都走这里！"

他从那红色石矿上

折下了一块岩石，

塑成一个烟斗，

刻上一些人物鸟兽，

然后走到大河边，

采了一根长长的芦苇做烟斗杆，

杆子上还留着墨绿色的叶瓣；

他把烟斗装满了柳树皮，

装满了赤杨树的皮，

又向附近的森林哈了口气，

那大树的柯枝就彼此摩肩擦背，

终于一团烈火熊熊烧起；

于是全能的吉谢·曼尼托，

他笔挺笔挺地站在高山之巅

拿起和平烟斗在火上点燃，

喷出一口烟当做信号，向各族人民传遍。

烽烟悠悠缓缓地往上升，

划破了这早晨空气的宁静；

起初只是一根漆黑的烟柱，

接着变成密密的一团蓝雾；

然后化做一大片白云，

仿佛是树林的冠顶，

白云不断地上升，上升，上升，
一直升到那天庭的最高层，
在天上撞击成碎片，
飘散到云外白云天外天。

于是在塔瓦森沙山洼，
在怀俄明峡谷，
在杜斯卡鲁沙丛林，
在遥远的洛机山中，
在北方的湖畔河滨，
各部落的人都看到信号，
看到远处升起了烽烟，
和平烟斗喷出的烽烟！

各民族的先知们都说：
"瞧吧，瞧那烽烟！
全能的吉谢·曼尼托在远处打信号，
这信号弯弯的象一根杨柳条，
又仿佛他在向我们把手招，
叫我们各族人民集合起来，
叫勇士们去把天下大事商讨！"

从草原上，从江河上，
各族的勇士来自四面八方，

特拉华族和莫霍克族来了，

巧克托族和卡曼谢族来了，

萧雄尼族和乌脚族来了，

勃尼族和俄马哈族来了，

曼登族和达科他族来了，

海龙族和奥基威族来了，

所有的勇士看到和平烟斗的信号，

都赶到这儿来了，

来到大草原的高山之顶，

来到伟大的红烟斗石矿附近。

他们都站在草原上，

带着战具和刀枪。

他们脸上涂饰得象秋天的树叶，

又象早晨的天空那样鲜艳；

他们凶狠狠地彼此瞪着眼，

脸上堆满冷酷和轻蔑，

他们心里积压着世世代代的仇恨，

列祖列宗传下来的怨隙，

世世代代都渴望着报复。

全能的吉谢·曼尼托，

各族人民的开山鼻祖，

带着慈父般的爱和怜悯，

深情地望着他们，

把他们的角斗和纠纷，

都看作孩子们无谓的吵嘴打架，

孩子们无谓的结仇怀恨！

他高高地将右手伸向前方，

让右手的阴影落到他们身上，

压住他们顽强的野性，

平息他们那如饥似渴的狂劲，

然后用庄严的声音跟他们说话，

那声音宛如远方的流水

落入渊潭一样地深沉，

他这样把他们责备，教训：

"噢，我的孩子们，我可怜的孩子们！

那大神——生命的主宰，

他一手创造了你们，

你们要听从他的金玉良言，

听从他的教训！

"我给了你们土地去打猎，

我给了你们河流去捕鱼，

我给了你们大熊和野牛，

给了你们獐子和花鹿，

我给了你们黑雁和水獭，

又让沼地里栖满了野禽，

江河里充满着游鱼，

你们为什么还不知足？

为什么还要你抢我夺？

"我讨厌你们闹不清的纠纷，

讨厌你们自相残杀，流血牺牲，

讨厌你们祈天求神要求报仇雪恨，

讨厌你们斗嘴拌舌，一人一条心。

你们团结起来才有力量，

钩心斗角只会遭殃，

你们今后千万要和睦相亲，

象亲兄弟一般万众一心。

"我马上给你们派来一位先知，

派来一位各民族的救星，

他会引导你们，教育你们，

跟你们一块儿劳苦辛勤，

如果你们肯听他的话，

你们就会繁荣富强，

如果忽略他的教训，

你们就要衰落，自取灭亡。

"现在快到你们面前的河里去洗个澡，

洗掉你们脸上那战争的涂饰①，

洗掉你们手指上斑驳的血迹；

埋掉你们的战棍和武器；

敲碎这石矿上的红石，

把它做成许多和平烟斗，

摘下你们身旁的芦苇做烟斗的杆子，

插上美丽无比的羽毛，

大伙儿一块来抽一口和平之烟，

从今相亲相爱如兄弟。"


于是草原上的勇士们，

都脱下了鹿皮的斗篷和衬衣，

放下了干戈武器，

跃进汹涌澎湃的大河，

洗掉脸上那战争的涂饰。

河水清清，掩映着他们水下的身影，

河水透明，因为生命的主宰

刚才下山时踏下了脚印！

河水黑黑，流在河床的底层；

河水被一条条紫红色的斑纹染污了，

仿佛鲜血把它搅混！

---

① 原文为 War-paint，指印第安人出去打仗时脸上所涂的颜料。

战士们洗好了澡爬上岸，

战争的涂饰都已洗涤干净，

他们又在河岸上埋了作战的棒棍，

接着又埋了所有的武器！

于是全能的吉谢·曼尼托，

那位生命的创造者，那位大神，

对着这群驯良的儿女笑盈盈。

全体勇士们都静悄悄

敲碎了那红色的石矿，

做成许多和平烟斗，把它磨光，

摘下河畔长长的芦苇做烟斗杆，

插上美丽无比的羽毛，

然后相互告别，各回家乡。

于是那生命的主宰升上高空，

穿过那云层的裂缝，

穿过一道道的天门，

驾着一团缭绕的烟雾，

和平烟斗喷出的烟雾，

在他们面前消失无踪。

# II  四方的风

麦基凯威斯胜利归来了，

他从北风的领域归来，

他从"瓦巴沙"的王国归来，

他从白兔之乡归来，

他戴着那根神圣的珠宝带 ① 归来，

勇士们和父老们齐声欢呼：

"光荣归于麦基凯威斯！"

说起这根珠宝带的来历，

就要说到山中一头大熊，

一头"弥歇—莫克瓦"，

各族的人谈到它就害怕，

它笨重的身上布满了棕灰色的斑点，

好象岩石上长了青苔，

① 珠宝带（Belt of wampum）：系印第安人用贝壳数珠串起来的一种带子，作为贵重的装饰品。

有一天它熟睡在高山之巅，
麦基凯威斯从它脖子上偷下了珠宝带。

他轻手蹑足走到大熊跟前，
那怪物的通红的爪子险些儿
碰上他的身，吓得他魂飞半天。
那怪物的鼻孔里呼出团团的热气，
熏得他的双手暖洋洋。
他从它脖子上取下那根珠宝带，
拿过它滚圆的耳朵，它没听见；
拿过它小小的眼睛，它没看见；
拿过它长长的鼻子，
拿过它那漆黑的鼻孔边缘，
它只是喷出一大团热气，
熏得麦基凯威斯双手暖洋洋。

一会儿他把那根军棍高举到半空，
扯开嗓子大喝一声，
对准了庞大的"弥歇—莫克瓦"
朝它前额的中央猛打一棍，
正打在它两颗眼睛的当中。

这头深山大熊被这一棍击昏，
竭力挣扎要站起身，

可是它的双膝发抖，

象一个妇人似的哭泣呜咽；

它跌跌冲冲地向前走了几步，

就在地上蹲下了身；

力大无比的麦基凯威斯

站在它面前，百般英勇，

他满脸带着轻蔑的神气，

大声地把它嘲弄：

"啊，大熊！你原是个孬种！

怎么竟敢把好汉冒充？

要不然，你怎么象个苦命娘儿似的，

抽抽搭搭哭成这副面孔！

啊，大熊，你要知道，

我们各部落相互仇视，连年征战，

我们的英勇才是天下无双！

你只配在森林里鬼鬼祟祟，

只配终年在深山躲藏！

这一战要是你胜了我，

我连哼也不会哼一声；

而你，大熊，坐在这里痛哭，

你玷辱了你整个的一族，

简直象个可怜的胆小鬼，

象一个毫无胆量的老太婆！"

于是他又把军棍举到半空，
照着"弥歇—莫克瓦"的前额中央，
重新猛力打了一棍，
打碎了它的脑壳，
好象冬天里渔人踩破一块薄冰！
就这样，那"弥歇—莫克瓦"，
深山的大熊，各民族的恶魔，
在麦基凯威斯手下送了命。

"光荣归于麦基凯威斯！"
人们在大声地欢呼：
"光荣归于麦基凯威斯！
从此他就成为西风之神，
从此一直到永远，
他在天上成为四个风神的至尊！
今后别再叫他麦基凯威斯，
要称他卡比扬，西风之神！"

这样，麦基凯威斯
在天上做了风神们的父亲。
他自己掌管西风，
其他的风都交给他儿子们管领，

他把东风给了瓦本，

南风给了夏温达西；

剩下粗暴凶狠的北风，

他交给凶狠的卡比波诺卡去管领。


瓦本长得又美丽又年青，

他带来明媚的清晨；

他用银白色的箭，

在山头谷底把黑暗驱逐出境。

他的两边腮帮子上

给紫红的色彩涂抹得娇艳红润，

是他的声音唤醒了熟睡的村庄，

唤醒了野鹿，唤醒了猎人。


瓦本在天上寂寞凄凉；

虽然鸟儿对他纵情地歌唱，

虽然草地上的野花在空气中

为他散发出阵阵的清香，

虽然森林和河流

见到他就欢呼歌唱，

他心里依然觉得凄怆，

因为他是孤单单一个人在天上。


可是，有一天早上，村庄还在熟睡，

迷雾笼罩在河上，仿佛是一个
要到日出时才敛迹消踪的幽灵，
他瞪着眼向地面张望，
看见草原上有个女郎，
孤单单的一个人在散步，
她正沿着草原上的河畔，
采摘灯芯草和菖蒲。

从此他每天早晨都要向地面张望，
一眼就看见她那双蓝眼睛——
灯芯草丛中两个碧蓝的湖，
在那儿向他张望。
他爱上了这个孤单的女郎，
女郎也在把他盼望。
这一男一女都是孤单寂寞，
一个在人间，一个在天上。

他带着阳光一般的笑容，
向她求婚，轻轻地把她抚弄；
他向她说尽了多少好话，
为她歌唱，为她叹息；
他在树丛花间轻声细语，
奏出美妙的音乐，吐出醉人的香气，
最后他才把她搂进怀抱，

裹进他那紫色的红袍，

后来他又把她变成一颗星，

让她偎在他胸前悸怔，

从此这一男一女

终年在天上携手步行：

那就是瓦本和瓦本—安嫩，

那就是瓦本和那颗晓星。


再说那凶狠的卡比波诺卡，

他的家住在"瓦巴沙"王国，

住在那白兔之乡，

那儿到处是险峻的冰岩，

一年四季积雪如山。

秋天里，他亲自动手

把所有的树林染得血红，

树叶子有的给染红，有的给染黄；

他还把雪花撒落在地上，

在树林里飘落，吱吱作响，

他又冻结了池沼，湖泊，江河，

把鸬鹚和海鸥赶回南方，

又赶着鹭鸶和麻鹬

飞回菅茅和海带的巢窝，

飞回夏温达西的故乡。

有一次，凶狠的卡比波诺卡
走出他终年积雪的住宅，
走出他冰山丛中的家，
他的头发沾满了雪花，
披散在脑后象一条河，
象冬天里一条发黑的大河。
他狂啸着向南方奔驰，
经过冰封的湖泊和沼地。
他在芦苇和灯芯草丛中
看见了潜水鸟"辛基比"，
拖着一串一串的鱼
走过冰封的原野和沼地；
它的伙伴早已离开这里，
去到夏温达西的领域，
它却仍然在原野里留恋徘徊。

凶狠的卡比波诺卡大喝一声：
"你是谁，竟敢灭我的威风？
'哇哇'早已离开这儿，
飞雁早就回到南方，
连那苍鹭'沙沙嘎'
也早就向南面飞翔，
你怎么竟敢逗留在我的国境上？

我一定要到你的小棚里去走一遭，
吹灭你那冒烟的炉灶！"

晚上，卡比波诺卡来到小棚里，
一路狂呼猛啸，好似鬼哭神嚎，
他在小屋四周堆起雪堆，
对着烟囱发一声狂叫，
猛力地摇撼着房子的木柱，
把门帘吹得哗啦啦飘；
可是潜水鸟"辛基比"不当它一回事，
潜水鸟"辛基比"没有给吓倒。
它预备了四根大木材当柴烧，
每月烧一根，一冬保得了。
吃起来有的是鱼，何用心焦？
它坐在熊熊的火堆旁边，
又暖和又愉快，边吃边笑，
一面还唱着歌："噢，卡比波诺卡，
你这个匹夫算得了啥！"

然后卡比波诺卡走进门，
虽然"辛基比"感觉到他带进来一股寒冷，
感觉到他的呼吸寒冷如冰，
可是它依然没有停止歌唱，
依然没有停止笑声，

它只是把木材翻了个身，

使火焰烧得更旺盛，

烟囱里直冒火星。

从卡比波诺卡的前额上，

从他那积满雪花的长发上，

大滴的汗珠簌簌地往下落，

在灰堆上滴出一个个小涡，

好象春天里融雪的日子，

雪水从屋檐上滴下，

从低垂的栂树枝上滴下，

把地面上的积雪滴成坑坑洼洼。

卡比波诺卡受不了这炎热和笑声，

受不了这欢乐的歌声，

他终于颓丧地站起身，

猛可地冲出了门，

在那结了硬壳的积雪上把脚直顿，

在湖上和江上暴跳不停，

冰块给他踩得更坚实，

积雪给他顿得更硬。

他向潜水鸟"辛基比"挑战，

要它走出来搏斗，

要它光着身子出来，

在冰冻的原野上搏斗。

潜水鸟"辛基比"走出了小屋，
和北风搏斗了一个通宵。
它和凶狠的卡比波诺卡肉搏，
在原野上脱得精光赤条。
它把卡比波诺卡打得喘不过气，
打得他那冰冷的捏紧的双手软弱无力，
打得他脚步摇晃，头脑昏迷。
北风招架不住，节节败退，
他退到"瓦巴沙"王国，
退到那白兔之乡，
一路上还听到潜水鸟"辛基比"
在大声欢笑，纵情歌唱：
"噢，卡比波诺卡，
你这个匹夫算得了啥！"

再说那夏温达西，他又懒又胖，
居住在那遥远的南方。
那儿终年是过不完的夏天，
遍地照着梦幻般催眠的阳光。
是他送走了成群的飞鸟，
送走了知更鸟"莪碧溪"，
送走了蓝鸟"莪葳莎"，

送走了燕子"萧萧"，飞雁"哇哇"，

把它们一起送回北方。

他又使大地上长出了瓜果和烟草，

长出一簇簇的紫葡萄。


他从烟斗里喷出一口烟，

天空就弥漫着雾霭和水气，

空气里漾起柔曼的梦意，

河上会泛起粼粼的涟漪，

绿草会铺平山峦的岖崎，

当北国在遍地积雪的季节里<sup>①</sup>

苦痛挣扎的时候，

他会带给它明媚的印第安夏季<sup>②</sup>。


慵懒的无忧无虑的夏温达西啊！

只有一件事叫他忧郁，

只有一件事叫他伤心。

有一次，他向北面张望，

望着那遥远的草原上，

看见那里立着一位姑娘，

一位亭亭玉立的苗条的姑娘，

---

① 按指十一月。

② 按指小阳春季节。

她孤单单地站在草原上，
全身穿着碧绿碧绿的衣裳，
金黄的头发好象阳光。

一天又一天，他望着那位姑娘，
一天又一天，他叹息又悲伤；
一天又一天，为了那位金发姑娘，
他心里煎熬着爱情和渴望，
煎熬得他的心滚热火烫！
可惜他太懒又太胖，
哪里肯动身去追求那位姑娘？
他实在太安逸，太懒散，
哪有兴致去打动那位姑娘？
他只有呆呆地望着她，
只有为那位草原上的姑娘，
坐在那里叹息忧伤。

终于有一天早上，他又向北方张望，
看见她那金黄色的头发变白了，
白得好象沾满了雪花。
"啊，我的兄弟来啦！
你来自'瓦巴沙'王国，来自北方，
来自那白兔之乡！
你偷走了我心爱的姑娘，

你劫去了她宝贵的春光，

你胡扯了一通北国的故事，

就骗去了我心爱的姑娘！"

可怜的夏温达西

把满怀的忧伤吐入空中，

于是那熏热的南风带着

苦痛的叹息，夏温达西的叹息，

吹遍了辽阔的草原。

到最后满天雪花纷飞，

草原上好象铺满了蓟毛；

那个头发好象阳光一般的姑娘，

再也没有在他眼前出现，

那个披着一头金发的姑娘，

再也没有和夏温达西相见！

可怜的自寻烦恼的夏温达西！

你哪里看到了什么姑娘？

哪里有什么女郎值得你叹息？

那只是草原上一棵蒲公英，

便使你在那梦幻般的夏季里，

终日凝望，终日相思。

你那么苦痛地叹息，

那么不断地喷气，

让空气中也充满了你的哀声，

啊，自寻烦恼的夏温达西！

四个风神就这样分居四处，

麦基凯威斯的儿子们

就这样在天上各得其所，

各人占着天空的一个角落。

伟大的麦基凯威斯

只把西风留给自己管束。

# III　海华沙的童年

在那记不起的岁月，

在那忘怀了的年代，

在一个朦胧的黄昏，

圆圆的月亮里落下了瑙柯密，

落下了美丽的瑙柯密，

她还没有做母亲，

只是做了人家的娇妻。

她正在月亮里和女伴们游玩，

荡着葡萄藤扎成的秋千，

有一个弃妇，她的情敌，

怀着彻骨的冤仇和妒嫉，

剪断了纠结的葡萄藤，

剪断了那长满绿叶的秋千，

瑙柯密满怀着恐怖惊慌，

在黄昏的微光中落到地上，

她落在一片"马斯柯地"，一片草原上，

草原上这时正当鲜花怒放。

人们都说："瞧，落下了一颗星！

从天空落下了一颗星！"


就在这片"马斯柯地"，这片草原上，

在羊齿和青苔丛中，

在百合花丛中，

在月光和星光下，

美丽的瑙柯密生了个女儿，

这是她第一胎生的女儿，

她管她叫文瑙娜；

瑙柯密的小女儿长大了，

出落得又清秀又苗条，

她的美丽比得上百合花，

比得上星星，

比得上月亮。


瑙柯密常常提醒她，

提醒了一遍又一遍：

"你要当心麦基凯威斯，

当心那西风之神，

他说的话你千万不要听，

你不要躺在草地上，

不要待在百合花丛中，

免得西风对你不存好心！”

可是她不听母亲的警告，
不把她的金玉良言记牢。
晚上，西风果然来了，
轻轻地走过草原，
低声地和花儿草儿絮语了一阵，
叫它们弯下了腰，
他看见了美丽的文瑙娜
正躺在百合花丛里睡觉，
他说了多少甜言蜜语把她怂恿，
向她求爱，轻柔地把她抚弄。
她终于在忧伤中生下了一个儿子，
在忧伤和爱情中生下了一个儿子。

这样，海华沙就出了世，
一个神异的孩子就这样出了世；
可是，瑙柯密的女儿，
海华沙的慈祥的母亲，
却被那无情无义的西风，
被那铁石心肠的麦基凯威斯
遗弃，饮恨而死。

伤心的瑙柯密为她的女儿

哭得好苦，哭了好久好久。

她一边哭一边诉说：

"你为什么不带了我一块儿去？

我哭干了眼泪，再也不想干活！

我的命好苦，我的命好苦！"

在"吉却·甘米"①的岸旁，

在大海洋的闪亮的水畔，

屹立着月亮神的女儿——

瑙柯密的小住宅，

宅后高耸着葱郁的森林，

高耸着黑魆魆的古松，

高耸着长满球果的杉枞；

屋前激荡着一汪大水，

一汪清澈的闪着阳光的大水，

那大海洋里波光闪亮的水。

满面皱纹的瑙柯密老妈妈

就在这里抚养着小海华沙，

她用菩提树做了个摇篮，

用鹿筋把它扎牢，

垫上柔软的青苔和灯芯草。

---

① "吉却·甘米"：即下行的大海洋，亦即今日的苏必利尔湖。

她摇着摇篮里的婴儿，

边摇边哄，叫他不要哭闹，

边摇边唱着歌儿哄他睡觉：

"小宝宝，不要吵，快睡觉！

秃毛熊听见要来咬宝宝！

谁把屋里照得明亮亮？

谁的大眼睛亮得象灯光？

小宝宝！快睡觉，不要吵！"


瑙柯密把天上星星的许多事情

仔细讲给海华沙听。

她指给他看彗星"伊西柯达"，

长了一头火红头发的"伊西柯达"。

她指给他看精灵们的死亡之舞，

指给他看武士们在严寒的冬夜

头上插着羽毛，手里拿着军棒，

象闪电般奔向遥远的北方。

她指给他看天上那条宽阔的银河，

那是幽灵鬼怪出没的途径，

它横亘在天空中，

挤满了鬼怪，挤满了幽灵。


夏季里每天的黄昏，

小海华沙都坐在门口，

听着松树的细声软语，

听着那拍岸的溪流

响出奇妙的语言，音乐般的节奏。

松树对他说："明尼—哇哇！"[1]

水流对他说："麦卫—奥西卡！"[2]


他看见萤火虫"哇—哇—达伊茜"，

在朦胧的暮色中飞来飞去，

用它那微弱的烛光

把四周的矮林小树照亮，

于是他唱起儿童的歌曲，

外祖母瑙柯密教他唱的歌曲：

"'哇—哇—达伊茜'，小萤火虫，

放白光的小昆虫，飞到西又飞到东，

你是个会跳舞的、放白光的小昆虫。

你点亮着那支小蜡烛

照着我上床睡觉，

照着我合上眼睛睡熟！"


他看见月亮从水里上升，

月亮在水里变圆，波光粼粼，

---

[1] 林中风声。

[2] 水流拍岸声。

他又看见月亮上的斑点和阴影，

他轻轻地问瑙柯密："那是什么？"

好心的外祖母对他说：

"从前有一个勇士，半夜里

忽然大发雷霆，一手抓起

他的外祖母抛上天空，

恰巧抛到了月亮里，

你瞧那儿就是她的身体。"


他看见天空里有一道彩虹，

彩虹出现在东边的天空，

他轻轻地问瑙柯密："那是什么？"

好心的外祖母对他说：

"那是天上的花坛；

不管是森林里的野花，

还是草原上的百合，

一旦在人间枯萎雕残，

就会在天上重新开放。"


半夜里，他听到猫头鹰

在树林里发出怪叫怪笑的声音，

他吓得哭着问瑙柯密：

"外婆，这是怎么回事情？"

好心的瑙柯密对他说：

"那只是些大大小小的猫头鹰，
用它们自己的家乡口音
在聊天，边聊边争。"

小海华沙学会了各种鸟类的语言，
熟悉了它们的名字，它们的秘密，
知道它们夏天里怎样筑巢，
冬天里又在哪里栖息；
他一见到它们就和它们聊天，
管它们叫"海华沙的小鸡"。

他又学会了各种野兽的语言，
熟悉了它们的名字，它们的秘密，
他知道水獭如何筑巢，
松鼠在哪里贮藏橡实，
野鹿怎么会跑得这么敏捷，
兔子为什么那样胆怯，
他一见到它们就和它们谈天，
管它们叫"海华沙的兄弟"。

有个好说大话的伊阿歌，
他是个说故事的能手，
他喜欢旅行，又能谈笑风生，
他是瑙柯密老妈妈的朋友。

他做了一把弓送给海华沙，

他用榉树的枝条做成弓身，

用鹿筋做成弓弦，

又用橡树枝做了几支箭，

箭梢插上羽毛，燧石做成箭尖。

他对海华沙说：

"孩子，拿了这把弓到森林里去，

那儿有成群的红色野鹿，

你去给我们猎一头名贵的雄鹿，

一头长了叉角的鹿！"


海华沙独自一人，

赶忙往树林里直奔。

他手拿弓箭，得意扬扬，

在他的四周，在他的头上，

鸟儿都齐声对他歌唱：

"别射击我们，海华沙！"

知更鸟"莪碧溪"，蓝鸟"莪葳莎"，

也在歌唱："别射击我们，海华沙！"


他的身后有一棵橡树，

松鼠"阿几道摩"正往树上跳，

它在枝叶丛中出没跳跃，

它在橡树上嘀咕又咳嗽，

它又纵声大笑，边笑边说：
"别射击我，海华沙！"

路上有一只小兔子，
老远看见他就向路旁奔逃，
直楞楞地坐在那儿，
一半是害怕，一半是嬉闹，
它对这个小猎人说：
"别射击我，海华沙！"

他可全不在意，全没听见，
他一心只把那群红鹿惦念，
他眼睁睁地望着它们的足印，
顺着那些足印望到河滨，
望到小河对岸的浅滩，
他的步伐宛如梦游人。

他躲藏在赤杨林，
等着那头红鹿来临，
最后他看见两支叉角翘起，
看见树林里闪亮着两只眼睛，
看见两个鼻孔迎着风，东嗅西闻，
果真是一头鹿来到路上，
阳光交织着叶影，

映照得它身上一块暗一块亮。
海华沙看到那头鹿来到，
他的心卜卜地跳，
他的心象树叶一般颤抖，飘摇，
象一片白桦的叶子在悸跳。

海华沙屈起一边膝盖，
瞄准了一支箭：
他没有惊动一根树枝，
没有骚扰一片树叶。
只有那头小心的鹿吃了一惊，
并拢了四只蹄子向上一纵，
然后抬起一条腿，静静地听，
然后向前一跳，仿佛迎箭冲锋。
啊，那支飕飕的、绝命的箭啊！
好似一只蜇人的黄蜂，
嘘的一声竟把野鹿射中。

绝命的鹿躺在树林，
躺在河对岸的浅滩附近，
它的懦弱的心停止了跳动，
只有海华沙的那颗心，
在颤悸，叫喊，欢欣，
他把那头红鹿扛回家，

伊阿歌和瑙柯密
都热烈地为他欢呼庆幸。

瑙柯密剥下红鹿的皮，
给海华沙做了一件外套，
又把鹿肉用心烹调，
为海华沙庆功慰劳！
全村的人都赶来赴宴，
嘉宾们都把他夸耀，
夸他人小心不小，
夸他这个小伙子真勇骁！

# IV　海华沙和麦基凯威斯

我的海华沙已经不是小孩，

他已长成一个大人，

他精通猎人的武艺，

学会了老辈们的本领，

年青人的游乐他样样都会，

大人的技艺和劳动他件件都能。

海华沙的脚是那么轻健，

他能够追上自己射出的箭，

他奔跑得那么飞快，

让那支箭落在他的后面！

海华沙的胳膊真壮健，

他能够朝天连射十支箭，

射得那么勇猛，那么飞快，

第十支已经离弦，

第一支还没有落到地面。

他有副手套"明吉卡文"，

这副魔术的手套用鹿皮做成，

他只要一戴上手，

就会把岩石一劈两半，

把它捣成碎粉。

他还有一双奇异的魔靴，

这双魔靴也用鹿皮做成，

他只消把它绑上腿踝，

只消把它在脚上捆紧，

跨出一步就是一英里路程！


他常常向瑙柯密老婆婆

问起他父亲麦基凯威斯，

他明白了其中惨痛的秘密：

母亲怎样美丽，父亲怎样无情无义。

他的心燃起了忿怒的火焰，

他的心象一块炽热的红炭！


他对瑙柯密老婆婆说：

"我要去到西风的领域，

去到落日的门口，

去找到麦基凯威斯，

去向我父亲请安问好。"


海华沙于是走出家门，

带着全部猎人的装备去远征。
他穿着鹿皮衣，裹着鹿皮绑腿，
珠宝带和羽毛把他装饰得多华丽！
你瞧他头上插着鹰毛，
珠宝带在他腰间缠绕！
他手拿桦木大弓，
鹿筋做的弓弦又韧又牢；
他的箭筒里装满了橡木箭，
箭头镶着碧玉，箭身插着羽毛，
他还穿上了魔靴，
戴上"明吉卡文"，他的魔术手套。

瑙柯密老婆婆劝告他：
"不要到那里去，海华沙！
不要去到西风的王国，
麦基凯威斯的领域。
只怕他会用魔术伤害你的身体，
只怕他会用诡计暗算你的性命！"

啊，大无畏的海华沙，
他哪里肯听外祖母的话？
他踏着大步走向森林，
一步就是整整一英里路程。
他头上的天空显得那么红，

脚下的大地也显得那么红，

他周围的空气又热又闷，

空气里的烟雾滚热灼人，

那气息仿佛是来自着火的草原和树林，

因为他的心滚热火烫，

热得象一块火炭一样。


他就这样脚不停步地赶往西方，

撇下了野牛和羚羊，

飞奔的野鹿也赶他不上，

他渡过了澎湃的艾斯康诺巴，

渡过了壮阔的密西西比，

越过大草原上的高山，

越过乌鸦和狐狸出没的境地，

经过乌脚族居住的地方，

向着洛机山挺进，

向着西风的王国挺进，

那年老的麦基凯威斯，

天上的风神之王，

正坐在飞沙走石的山顶。


海华沙见到了父亲，

心里充满了畏敬。

他那云朵般的头发，

在空气中狂飞乱舞，四处飘扬，
他的头发象雪花一样闪亮，
象彗星"伊西柯达"一样发光，
象彗星的尾巴一样发亮。

麦基凯威斯看见了海华沙，
心里浮起了无限的欢欣，
他从海华沙的脸上
仿佛看见了自己的青春，
看见了美丽的文瑙娜
从坟墓中复活还魂。

他说："海华沙，欢迎，欢迎，
欢迎你来到西风的国境，
让我没有白白地长盼久等！
年青人真可爱，老年人寂寞孤伶，
年青人象火，老年人好象瓦上霜，
你给我带回来了青春的情热，
带回来了逝去的韶光，
和美丽的文瑙娜的形象！"

父子两人聚谈了好多日子，
有问有答，有静听，也有迟疑，
伟大的麦基凯威斯口口声声

夸耀自己往日的本领，

夸耀他经历了多少艰辛，

夸耀他百折不挠的勇气，

夸耀他刀剑砍不伤的身体。

海华沙耐心地坐在那儿，

听他父亲大话连篇，

他坐着听，带着笑脸，

没有吐露半句恐吓的语言。

虽然那愤怒的火焰

把他的心烧得象块红炭，

可是他不动声色，姿容泰然。

一会儿，他说："啊，麦基凯威斯，

难道天下没有一样东西能伤害你？

难道你什么也不害怕？"

伟大的麦基凯威斯

安详自在、大言不惭地回答：

"我什么都不害怕，

只怕山那边那块黑岩石，

只怕那块致命的'沃必克'！"

他望了望海华沙，

那目光又聪明又慈祥，

真是一副做父亲的模样。

他带着满怀的得意，

望着儿子那俊美魁伟的身体。

他说："哦，我的海华沙，

天下有没有哪样东西能伤害你？

有没有哪一样东西叫你害怕？"


小心谨慎的海华沙，

停了一停，好象一时说不准，

他没有吱声，仿佛在作出决定，

过了半天才说："我什么也不怕，

只怕山那边那棵芦苇，

只怕那棵粗大的'阿蒲葵'。"


麦基凯威斯站起身，

伸出手去要拔那棵芦苇，

海华沙发出恐怖的呼声，

他是故意装出这般惊恐的神情：

"别碰，别碰，千万别碰！"

麦基凯威斯说："你放心，

我决不会碰它，你放心！"


然后他们又谈到别的事情，

先谈到海华沙的兄弟们；

谈到东风瓦本，
谈到南风夏温达西，
谈到北风卡比波诺卡，
最后谈到海华沙的母亲，
——美丽的文瑙娜；
他的话和瑙柯密婆婆的话一样，
讲她怎样诞生在草原上，
后来又怎样死亡。

他大声喝道："噢，麦基凯威斯，
是你杀害了文瑙娜，
是你摧残了她的青春美貌，
踏毁了这朵草原上的百合花！
你把它踏了又踏，踩了又踩，
你赶快招供，休想抵赖！"
伟大的麦基凯威斯
迎风甩开他灰白的长发，
痛苦地低下了他斑白的头，
默默无言地颔首。

接着海华沙猛地纵起身，
带着吓人的脸色和姿势，
伸手按住那块黑岩石，
按住那致命的"沃必克"，

他凭着他那副魔术手套，
把那块巉岩劈开，
把它击成一块块的碎石，
拿起石块疯狂地打他父亲，
打那个后悔不及的麦基凯威斯，
因为忿怒把他的心烧得滚烫，
跟一块火炭没有两样。

但是这位西风之神，
用他鼻孔里的喷气如云，
用他那忿怒的风暴，
吹得那些石块向后飞滚，
猛打那掷石块的人；
他又一手抓住了那棵芦苇，
把它从草地边缘，从沼地里
连根拔起，拔起一棵大芦苇；
海华沙哈哈大笑，毫不在意。

于是一场生死的战斗在山中开始，
那是徒手的肉搏，不带武器；
那庞大的战鹰"凯诺"给惊起了，
它飞出了巢，一声长啸，
栖息在他们附近的岩石上，
看他们搏斗；飞旋着，拍着翅膀。

那棵大芦苇狂摇乱摆，躯干弯拱，

好象一棵大树遇到暴雨狂风；

那致命的岩石倒下来了，

化作一大摊乱石，离析分崩，

这一片混战的嚣嚷和骚乱

终于把整个的大地震动，

使空气里响彻着厮杀的声音，

山中轰击着雷霆：

卡喇喇轰！卡喇喇轰！

麦基凯威斯给打败了，

他在山头上向西方奔逃，

也不知在山间绊了多少交。

他整整地三天且战且退，

海华沙在后面猛赶紧追，

把他赶到西风的领域，

把他追到落日的门口，

把他赶到了天涯海角，

在这里，太阳落入浩瀚的太空，

好象夜幕降落的时候，

一只火红的飞鹤

在荒凉的沼地里飞进了巢。

麦基凯威斯终于喊了一声：
"停住，海华沙，我的孩子！
你取不了我的性命，
你杀害不了仙人。
我这一次给你考验，
只不过为了试试你有没有勇气；
现在我就颁给你勇士的赏赐！

"你快回家去，回到人民那儿去，
跟他们一起生活，一起劳动，
你要去消除那戕害大地的一切祸根，
要去把鱼池和江河澄清，
把魔术士和妖怪统统杀尽，
使巨人和大蛇无处藏身，
宛如我当年宰了'弥歇—莫克瓦'，
那头深山大熊！

"等你到了晚年，
等那死神在黑暗中
向你瞪着可怕的眼睛，
我就和你共享我的王国，
让你掌管西北风基威丁——
我们本国的风神！"

在那可怕的往古的年代，

在那遥远的逝去的年代，

曾发生这场有名的战役，

发生在西风的王国。

如今在那绵亘不绝的山头和峡谷里，

猎人还能看到它的遗迹，

看见那儿的水边池畔

依然生长着那种巨大的芦苇，

看见每一个山谷里

都长着这种"沃必克"。


海华沙赶回家乡，

一路上都是明媚的风光，

天空是一派爽朗的气象，

因为他的复仇的怒火

早已完全消亡，

他的脑子里不再想到复仇，

他的心再也不象炭火那样炽旺。


他在路上只有一次放慢脚步，

只有一次在中途停留，

那是为了在达科他人的境内，

去找一位年老的造箭能手，

去找他买几支箭头。

那里住着瀑布明妮哈哈，

她在橡树丛中闪亮发光，

她跃入山谷，笑声琅琅。


那位年老的造箭能手，

就在这里制造砂石的箭头，

制造玉髓的箭头，

制造燧石和碧玉的箭头，

他把箭头磨平削尖，

磨得坚实光亮，又锋利又值钱。

他有个女儿和他住在一起，

那女郎眼睛乌黑，象流水般变幻莫测，

她的心情一会儿阴暗一会儿明朗，

她一会儿微笑一会儿皱眉，

她走起路来好象河流那么快，

她那披散的头发象一泓流水，

笑起来象音乐一般清脆。

她父亲拿河流来给她取名字，

拿瀑布来给她取名字，

叫她明妮哈哈，爱笑的流水。


我的海华沙呀，

你去到达科他人的境内，

难道只为了几支箭头？

难道只为了几支玉髓的箭头，

几支燧石和碧玉的箭头，

你竟在中途停留？

你莫不是要去看看那位少女，

去看那明妮哈哈的笑脸

在那飘飘忽忽的窗帘的后面窥望，

去听她衣裳的窸窸窣窣的声响，

宛若望见那奔泻的瀑布

在树丛中闪光发亮！

宛如从绿叶的围屏后面，

听那流水的笑声琅琅？

年青人的脑子里充满了激情，

他们的心思和幻想有谁说得准？

谁敢说这当儿海华沙的心

陶醉在怎样美丽的梦境？

日落时分他到了家，

他只把怎样见到他父亲，

怎样和麦基凯威斯交锋，

讲给年老的瑙柯密听，

他一个字也没有提起买箭，

更没有提起明妮哈哈的笑脸。

# V  海华沙的禁食

你们就要听到海华沙

怎样在树林里禁食和祈祷；

那并不是为了改进打猎的技巧，

也不是要把打鱼的本领练得更好；

不是为了取得战功，

好在勇士们中间博得荣耀，

他是为了人民的利益，

为了各族的利益而祈祷。

他先筑好了一个禁食的住所，

在森林里筑了一座小屋，

筑在亮闪闪的大海洋旁边，

那正是风和日暖的春天，

那正是草木抽芽长叶的月份[①]，

他带着多少的梦想和幻象，

---

① 按指五月。

整整的禁食了七夜七天。

他禁食的第一天，
在密叶浓荫的树林里逛遍，
他看见野鹿跳出林丛，
兔子躲藏在深洞；
他听到雉鸡"斑娜"的叫鸣，
还听到松鼠"阿儿道摩"
在那橡实堆子里蠢动；
他看见鸽子"莪密美"
在松林里筑巢，
成群结队的飞雁
飞向北方的池沼，
在他头上哀鸣苦叫。
"生命的主宰啊，"他喊出失望的呼声，
"难道我们要靠这些东西活命？"

在他禁食的第二天，
他穿过了草原，
他徘徊在大河之滨，
他看见野稻"马诺门"，
看见了越橘"明那加"，
看见了草莓"奥达敏"，
看见了鹅莓"夏苞敏"，

还有葡萄藤，那"斑麻葛特"，

攀绕着那赤杨枝，

在空气中散发出清香阵阵！

"生命的主宰啊，"他喊出失望的呼声，

"难道我们要靠这些东西来活命？"


在他禁食的第三天，

他坐在湖边沉思、默想，

坐在那宁静透明的水畔；

他看见鲟鱼"拿马"在水里跳跃，

溅起珍珠般的点点水花；

看见那黄鲈鱼"莎华"，

映在水里好似一道阳光；

他看见梭子鱼"马斯堪诺亚"，

青鱼"奥卡威斯"，蝲蛄"萧甲稀"，

他失望地大叫一声：

"啊，生命的主宰啊，

难道我们就要靠这些活命？"


在他禁食的第四天，

他躺在家里，筋疲力尽，

从那树枝和树叶做成的床上，

半张着睡意惺忪的眼睛，

充满着梦影和幻象的眼睛，

望着迷离恍惚的风景，

望着落日的灿烂光辉，

望着那闪闪烁烁的流水。

他看见一个青年走近，

穿着黄绿两色的衣裳，

从紫色的暮霭中降临，

从落日的光辉中降临，

绿色的羽毛披覆着他的前额，

那柔软的头发象是黄金。

他站在敞开着的门口，

对着海华沙望了好久，

他满怀着同情和怜悯，

望着他的体态面容那么消瘦；

仿佛树梢中南风的叹息，

他发出这样的声音：

"啊，我的海华沙！

你的祷告已经上达天庭，

因为你的祷告不同于别人，

你不是为了改进打猎的技巧，

不是为了把捕鱼的技术练得更好，

不是为了取得战功，

好在武士们中间取得荣耀，

你是为了人民的利益，
为了各族的利益而祈祷。

"我是人类的朋友孟达明，
生命的主宰的后裔，
我来训告你，指导你，
你将以怎样的辛勤和努力
去获得你所祈求的利益。
起来，走下你那树枝做成的床，
起来，青年，起来和我搏斗一场！"

海华沙虽然饿得软弱无力，
还是跳下了那树枝做成的床，
跑出了他那朦朦胧胧的小屋，
奔入那落日的红光，
跟孟达明搏斗一场；
他一交手就觉得有一股勇气
在他的脑海和胸膛颤悸，
新的生命，希望和活力
渗遍了他每一根血管和纤维。

就这样，他们在落日的光辉里
大打出手，凶狠搏斗，
他们愈是往下打，

海华沙的力气就愈大，

直斗到暮色在他们周遭降临，

那"沙沙嘎"，那苍鹭，

从它经常出没的沼地里，

发出一声哀伤的鸣声，

一声痛苦和饥饿的鸣声，

孟达明这才对海华沙

微笑着说："今天就此暂停！

等到明天落日时分，

我再来考验你的本领！"

他就这样消失，无踪无影，

他是象雨水一般渗进了泥中，

还是象烟雾一般化入蓝空，

海华沙不知道，也看不见影踪。

他只看见孟达明就此消隐，

留下他独自一人，软弱昏沉，

头上是闪烁不定的星星，

脚下是一湖烟水朦胧。


在第五天和第六天，

当太阳从天空里下降，

象一块火红炽热的炭，

从那大神的炉灶上，

落入西方的海洋，

这时孟达明来了，

来考验海华沙，和他搏斗一场。

他的脚步象露水一般轻盈，

他从旷漠的太空里降临，

又回到旷漠的太空的域领，

他一碰到地面就凝固成形，

但是无论何人，

都觉得他来无踪去无影。


在那落日的光辉里，

他们接连斗了三次，

直斗到暮色在他们周遭降临，

直等到那"沙沙嘎"，那苍鹭，

从它经常出没的沼地里，

大声发出饥饿的叫鸣，

孟达明这才住手静听。


他穿着他那黄绿两色的衣裳，

站在那儿又高大又俊俏，

他头上的羽毛

随着他的呼吸摆动飘摇，

那猛力厮打出来的汗水，

象露珠一般在他身上粒粒闪耀。

他大喊一声："噢，海华沙！
你勇敢地和我厮打，
接连三次不屈不挠，
生命的主宰早已看出分晓，
他就要让你建立功劳！"

接着，他又微笑了一下说：
"明天是你我搏斗的最后一天，
也是你禁食的最后一天。
你就要把我打败，灭亡，
请给我做一张床，让我卧躺，
让雨水打在我的身上，
让我沐浴着温暖的阳光，
你剥下我黄绿两色的衣裳，
拔掉我头上飘荡的羽毛，
把我在土地里埋葬，
让轻松柔软的泥土覆盖在我身上。

"别让任何人来妨害我的睡觉，
别让野草和蠕虫来把我打扰，
别让那乌鸦'卡甲几'
在我身边飞来飞去，不停地聒噪，
只消你一个人看守着我，

守到我睡醒，苏生，起床，
守到我跃入那美丽的阳光。"

说过这话，他就走开了，
海华沙安安静静地睡觉，
可是他听见那"瓦温乃莎"，
听见那怪鸥的哀叫，
它栖息在他孤单的小屋顶上哀叫；
他听到那激荡的"塞波卫夏"，
那附近的小溪，正在泛起涟漪，
跟那黑魆魆的森林细声软语；
他听到夜风吹过，
树枝低下头又把头抬起，
发出轻轻的叹息，
他听到了这些，
宛如一个睡熟了的人
听到遥远的细语，听到梦呓：
海华沙睡得非常静谧。

明天，海华沙禁食的第七天，
瑙柯密老妈妈赶来了，
给海华沙带来食物，
她来劝告他，为他痛哭，
生怕饥饿把他征服，

生怕禁食会把他的命送掉。

可是他不肯吃，碰也不碰一下，
只是对瑙柯密说："你且等一等，
等到太阳往西边落沉，
等到我们周遭罩上了暗影，
等到'沙沙嘎'，那苍鹭，
在荒凉的沼地里啼鸣，
告诉我们这一天已经完尽。"

瑙柯密哭哭啼啼地走回去，
为她的海华沙伤心难受，
生怕他的体力支持不住，
生怕他的禁食会招来生命之忧。
海华沙等着孟达明来到，
他坐在那儿等得疲劳，
直等到那西斜的太阳的影子
遮没了田野和森林；
直等到太阳从天空中降落，
漂浮在西方的水上，
好象秋天里一片红叶
降落，漂浮在水上，
最后向海底沉降。

瞧啊！那年青的孟达明，
他满头的长发那么柔软，光亮，
身上穿着黄绿两色的衣裳，
他额上的羽毛那么长，那么光亮。
他站在门口向他招手，
海华沙又苍白、又消瘦，
他的步伐仿佛在梦里漫游，
可他还是大无畏地走出小屋，
走出来和孟达明搏斗。

他周遭的景物在团团旋转，
天空和森林交织成一片。
他坚强的心在猛烈地跳动，
好似一条落了网的大鲟，
拚命地跳出罟罾。
鲜红的地平线在灼灼燃烧，
仿佛一道火圈把他围绕，
仿佛有一百个太阳都在看着
这两个大力士在斗角摔交。

突然，在那绿色的草原上，
孤单单的站着海华沙一个人，
他因为用力过猛，还在喘气，
他的心正为这场角斗颤悸；

他面前躺着那个青年，
披头散发，停止了生命的呼吸，
衣服给撕破了，羽毛给扯烂了，
他死寂地躺在落日里。

胜利的海华沙照他生前的吩咐，
替他掘了一个坟墓，
还剥下了他身上的衣服，
又扯去他头上破烂的羽毛，
把他埋进泥土，还用了
轻松柔软的泥土把他盖好，
苍鹭"沙沙嘎"
在凄凉的原野里
发出一声悲伤的鸣叫，
一声凄怆苦痛的鸣叫！

海华沙这才走回家去，
回到瑙柯密老婆婆那里，
他七天的禁食
就这样完成，这样结束。
可是他再也忘不了
他和孟达明角斗的那个处所，
再也不能忘怀，不能疏忽
孟达明躺着的那个坟墓。

孟达明睡在那里，日晒雨打，
那狼藉遍地的羽毛和衣裳
在雨水和阳光里褪色发黄。

一天又一天，海华沙
去到那里，守望伫等，
让它四周的黑泥柔润，
又叫昆虫绝迹，荒草不生，
他还用轻蔑的冷笑和大声的叫喊，
吓得那"卡甲几"，那乌鸦之王不敢临近。

终于有一天，一根绿色的小羽毛
慢慢地冲出了土壤，
接着一根又一根不断生长，
没等到夏天过完，
就长成了一片美丽的青纱帐，
全身裹着闪闪亮亮的袍子，
拖着金黄色的头发，软柔细长，
海华沙喊出欣喜的呼声：
"啊，这就是'孟达明'，
不错，这是人类的朋友'孟达明'！"

于是他就去喊了璐柯密老婆婆，
和那个爱说大话的伊阿歌，

他指给他们看那一大片青纱帐，
告诉他们他的奇异的幻象，
他的角斗和胜利，
对各民族的新的献礼，
那将永远成为他们的粮食。

又过了些时候，到了秋天，
那长长的绿叶变成金黄色，
柔软而富有汁水的谷粒，
简直象一串串的珠宝，金黄结实，
他采了那成熟的穗子，
剥掉外面枯槁的荚皮，
仿佛他当初剥掉那角斗者的外衣，
举行了第一次"孟达明"的宴席，
接着向全体人民宣布
大神的这新的赐礼。

# VI　海华沙的两个朋友

海华沙有两个好朋友，

比所有其他的朋友交情都深厚，

他和他们亲如手足，

他向他们伸出他的右手，

他和他们同享快乐，分担忧愁，

一个是大力士夸辛，

另一个叫齐比亚波，是个音乐能手。


他们之间横亘着一条大道，

大道上从来不长一棵野草；

尽管有歌唱谎言的飞鸟鸣禽，

尽管有搬弄是非和挑拨离间的人，

他们可没有哪一个愿意听，

你怎么也不能挑拨他们结怨怀恨，

因为他们遇事都彼此协商，

心口如一，赤胆忠肠，

他们煞费苦心地策划和思量：

怎样使各民族繁荣富强！

那文雅的齐比亚波，
最能获得海华沙的欢心，
他是个最优秀的音乐家，
他是个最动听的歌人；
他那么美丽，那么天真，
温柔如少女，勇敢如男性，
软柔的杨柳条才比得上他温顺，
长了叉角的鹿才比得上他英俊。

他的歌声会响遍整个村庄，
所有的战士都围聚在他身旁，
所有的妇女都赶来听他歌唱；
他一忽儿勾起他们的灵魂深处的激情，
一忽儿叫他们动了恻隐之心。

他采集了芦苇杆做成笛，
笛声那么悦耳，那么悠扬，
那小溪"塞波卫夏"
再也不在森林里软语呢喃，
鸟儿们再也不歌唱，
那松鼠，那"阿几道摩"，
再也不在橡树上吱吱叫嚷，

兔子"瓦巴沙"笔挺地坐着，
一面倾听，一面张望。

你听，小溪"塞波卫夏"
停下来说："噢，齐比亚波，
请你教我的水泉流出音乐般的节奏，
犹如你的歌词一般柔和！"

你听，蓝鸟"莪葳莎"那么羡慕，
它说："啊，齐比亚波，
请你教给我豪迈劲健的曲调，
教给我几支充满着狂热的歌曲！"

你听，知更鸟"莪碧溪"那么快乐，
它说："噢，齐比亚波，
请你教我把歌曲唱得婉转柔和，
请你教我唱起那泛溢着欢乐的歌！"

那怪鸥，那个"瓦温乃莎"，
也呜咽着说："噢，齐比亚波，
请教我唪起凄凉的歌喉，
教我唱几支伤心的歌曲！"

大自然一切的声音，
都因他的歌唱而美妙动人，

所有人们的心灵
都在他音乐的魅力里消融，
因为他歌唱自由和平，
歌唱美，渴望，爱情，
歌唱死亡，还歌唱
在那天国的乐园里，
在"帕尼马"王国里，
在未来的土地上，
生命将会地久天长！

文雅的齐比亚波，
成了海华沙的心腹，
他在音乐家中间绝伦超群，
他在所有的歌手中最为动听，
海华沙爱他那温顺的天性，
爱他那奇妙的歌唱才能。

海华沙也喜爱夸辛，
那个身强力壮的人，
凡人中数他最强，
芸芸众生谁也比他不上，
海华沙爱他身强力壮，
爱他那强壮揉和着善良。

夸辛小时候很贪懒，

他那么消沉，沉闷，睡意昏昏，

从来不和别的孩子游戏，

从来不出去捕鱼打猎，

他和别的孩子完全不同；

可是人们看到他常常禁食，

常常祈求曼尼托，

常常祈求那位保护神的庇护。

他母亲对他说："懒惰的夸辛，

你从来不曾帮我干活！

夏天里你在森林

和田野中游荡；

冬天你躲避在家里，

畏缩在火堆旁！

在那风霜凛冽的日子里，

我得敲破冰块去捕鱼，

你连网儿也不肯替我张罗！

我的鱼网正挂在门口，

滴滴的水往下流，结成冰柱，

你快去把它绞干，懒汉！

快把它拿去晒太阳！"

夸辛慢吞吞地从火灰那儿站起身，

可没有拿气话回敬他母亲；

他默默无言地走到门口，

拿起那一大束粘在一起的鱼网，

网上的冰水滴滴嗒嗒地流，

他仿若拿着一束干草随手一扭，

仿若一束干草，鱼网给他扭断，

因为他的手指是那么强壮，

他那一扭，怎么不会扭断鱼网？


他父亲说："懒惰的夸辛，

我打猎，你从不曾帮我一分；

弓一拿到你手里就给折断，

箭一拿到你手里就折成两段；

你快快跟我到树林里去，

猎到大兽你就往家里搬。"


他们走上了一条狭径，

那里有条小溪引着他们向前进，

那里有野鹿和野牛

在溪边的烂泥里刻下脚印，

最后他们看到所有的去路

都给那连根拔起的大树挡住，

大树横一根，竖一根，

叫他们再也不能向前进！

那老年人说："我们只有走回头路，
我们怎么也攀越不过这些树木；
连一只山鼠也休想钻过，
连一只松鼠也休想爬过！"
于是，他立即点起了烟斗，
坐下来一边抽烟一边发愁，
可是你瞧，他一斗烟还没抽光，
道路已在他们面前开放；
原来是夸辛把大树统统搬光，
把它们搬到左右两旁，
他掷着那些松树，轻捷如射箭，
他抛着那些柏树，宛如掷矛杆。

在草原上游戏的年青人都说：
"你好一个懒惰的夸辛！
你干吗斜倚着身后的岩石，
站在那里懒洋洋地望着我们？
快来和大伙儿角斗，
咱们一块儿来掷铁圈！"

懒惰的夸辛没有回言，
他没有回答他们的挑战，
他只是站起来，慢慢转过身去，

随手抓住一块庞大的巉岩，
用力把它拔出深邃的地层，
高举在空中四平八稳，
猛地把它扔进大河，
猛地把它扔进那湍急的"包瓦亭"，
如今每到夏天，石头依然看得分明。

有一次，沿着那翻泡的河流，
沿着"包瓦亭"的湍急的水流，
夸辛带着几个伙伴起航，
他看见有头水獭出现在河上，
看见了那"阿米克"，水獭之王，
在汹涌的河水中挣扎，
一忽儿浮起，一会儿沉降。

没有做声，也不曾稍停，
夸辛就向河床跃进，
他钻进那泡沫四溅的河面，
穿过急流去把那头水獭追寻，
他跟着它出没于大小岛屿之间，
久久地停留在河床底层，
伙伴们给吓慌了，一片嚷声：
"哎哟！完蛋了，夸辛！
我们再也见不到夸辛！"

可是他毕竟浮出水面，得意扬扬，
一头水獭扛在他亮闪闪的肩上，
水滴滴，硬僵僵，
那就是水獭之王。

这就是海华沙的两个朋友，
上面已经交代清楚，
一个是大力士夸辛，
另一个是齐比亚波，音乐能手。
他们和睦相处，地久天长，
他们肝胆相照，毫无隐藏；
为了要使各民族繁荣富强，
他们煞费苦心，煞费思量！

# VII 海华沙的航行

"噢，把你的树皮给我，白桦树！
噢，把你黄白色的树皮给我，白桦树！
你生长在汹涌澎湃的河畔，
你在山谷间魁伟英昂！
我要造一艘轻便的小舟，
一艘白桦树皮的飞驶的小舟，
驾驶着它在河上漂游，
象一片黄色的秋叶，
象一朵黄色的睡莲，在水上漂流！

"噢，白桦，请脱去你的睡衣，
请脱去你的白皮大氅，
因为夏季就快到来，
天空中将悬着火烫的太阳，
你毋需再穿白皮大氅！"
这是海华沙在大声叫嚷，
在那凄凄清清的森林，

在那汹涌的塔瓜门瑙海湾之畔，

这时鸟儿正在愉快地歌唱，

在草木抽芽长叶的月份里歌唱，

太阳从睡眠中醒过来了，

"瞧我！"它跳起身来叫嚷，

"瞧我'吉萃斯'，伟大的太阳！"

白桦摆动着它的柯枝，

在清晨的微风中瑟瑟作响，

它耐心地叹了口气说：

"噢，海华沙，来脱下我的大氅！"

海华沙用刀子在树上划了一道圈，

照着那树枝的下面，

照着那树根的上端，

猛力地割，直割得流出树浆；

于是，他划开那张树皮，

划开那张囫囵的树皮，

用一根木楔把它揭起，

剥下了一张囫囵的树皮。

"请把你的枝丫给我，杉树，

把你那又牢又韧的树枝给我，

让我把我的独木舟扎稳，

让我这条船结实坚韧！"

杉树顶上起了一阵骚动的声音，
起了一阵可怕的吼鸣；
接着是一阵反抗的喃喃细语，
但杉树终于低下头，轻声地说：
"海华沙，把我的树枝砍去！"

海华沙砍下了杉树的枝丫，
立刻把它们扎成一个框架，
他编扎得好象两把弓，
两把弓在一块儿叠拢。

"噢，把你的树根给我，落叶松！
噢，把你的须根给我，落叶松！
我要把我的独木舟缝好，
把它的两端系牢，
不让河水淹进来，
不让河水把我身上浸潮！"

落叶松的一簇簇的须根，
在早晨的空气里抖动；
它用须缨轻拂着海华沙的前额，
还伤心地长叹了一声：

"噢，海华沙，请你连根拔尽！"

于是他从地里拔起这些须根，
拔起这落叶松的坚韧的根，
把那张树皮密密缝紧，
再把它绷在框架上扎稳。

"噢，枞树，请给我树脂，
给我香膏和油脂！
让我把这些线缝涂没，
让水不能渗入，
江河不能把我的衣裳浸湿！"

高耸的枞树那么阴郁，
裹着阴暗的袍子在哭泣，
就象海滩上鹅卵石在叹息。
它痛哭流涕地回答道：
"海华沙，请你取去我的胶质！"

于是海华沙取了枞树的汁水，
取了这松脂之泪，
涂没了每一个裂缝和罅隙，
让它再也不会漏水！

"噢，豪猪，请给我针毛！

噢，豪猪，给我所有的针毛！

我要用来做一串项链，

一根腰带，送给我的爱①，

还要用两颗星来装饰她的胸怀！"

在一棵中空的树边，

豪猪对他瞪着惺忪的睡眼，

射出它亮闪闪的针毛，仿佛在射箭；

它从它密密丛丛的络腮胡子里，

用困倦的喃喃细语说道：

"噢，海华沙，请你拿去这些针毛！"

他从地上捡起这些针毛，

捡起这些亮晶晶的小箭，

用树根和浆果的汁

染成红，蓝，黄色，

他把它们搬上了船，

在船腰缠上一根闪亮的带，

在船头挂上一个发光的项圈，

船肚上还有两颗星星辉煌灿烂。

白桦树的独木舟就这样造成，

在山谷，在河滨，

---

① 指船，读下节便明白。

在森林的腹心；

它饱含了森林的生命，

饱含了森林的奥秘奇珍，

饱含了白桦的轻灵，

饱含了杉树的坚韧，

饱含了落叶松的柔软的须根；

于是独木舟漂荡在河面，

好象秋天里一片黄叶，

好象一朵黄澄澄的睡莲！

海华沙没有划船的桨，

他没有桨，也不需要桨，

因为他的思想可以当做桨，

还有他满怀的愿望给他指引方向；

他乘着船，忽快忽慢，忽左忽右，

全都由他自作主张。

接着他大声地呼喊夸辛，

喊他那个大力士朋友夸辛，

他说："来帮我疏浚这条河流，

搬走沉淀的木料和沙洲。"

夸辛好似一头水獭，

纵身跃入了河水，

他好象一头水獭钻进水底，
他站在河里，河水淹到他的腰际；
他在河里一边游泳一边喊叫，
河水把他的胳肢窝浸没了，
他拖着那沉在水底的树枝和木料，
还用双手掏挖沙洲，
用脚把淤泥和杂物清扫。

于是海华沙开始了航行，
在那汹涌的塔瓜门瑙海湾上，
经过了多少曲折和河湾，
经过了多少深潭和浅滩，
他那个朋友，大力士夸辛陪着他
游过了深潭，涉过了浅滩。

他们在河上来来往往，
在密密的岛屿间出没无常，
清除了河床里的树根和沙洲，
拖起了河道里枯烂的树木，
开辟出一条安全可靠的航路，
让人民在河上航行无阻：
从深山中河流的源头
一直通到"包瓦亭"的大水汪洋，
通到塔瓜门瑙海湾。

# VIII　海华沙捕鱼

海华沙独自一个人，
驾驶着白桦树的独木船，
高高兴兴地来到"吉却·甘米"，
来到亮闪闪的大海洋，
他手里拿着杉木的钓线，
那杉树皮搓成的钓线，
来捕捉那条大鲟"拿马"，
那鱼类之王"弥歇—拿马"。

河水是那么清澈透明，
他看得清鱼儿们
在河床的底层游泳；
他看见黄鲈"莎华"，
在水里好象一线阳光；
他还看见蝲蛄"萧甲稀"，
象一只蜘蛛伏在河底，
伏在铺着白沙的河底。

海华沙坐在船尾，
手里拿着杉木的钓线；
微微的晨风吹动着他头上的羽毛，
吹得它们好象枏树的枝叶飘摇；
船头上坐着那松鼠"阿几道摩"，
瞧它的尾巴竖得多直多高；
微微的晨风吹动它的皮毛，
仿佛吹动草原上的小草。

在那铺着白沙的河床底层，
栖息着那头怪物"弥歇—拿马"，
栖息着那鱼王，那条大鲟，
它在水里呼吸，腮帮翕动，
它的鳍片不停地扇动，
它用尾巴在扫着河底的沙层。

它伏在水底，盔甲蔽身，
每边还有一块护身的盾，
它的额上长满了骨片，
它的腰，它的背，和它的肩，
都是针刺密集，骨片布满！
它身上还涂着战争的涂饰，
交错着红、黄、蓝各色的条纹，

棕色和黑色的斑点遍布全身；
正当它扇动着紫色的鳍，
躺在那河床的底层，
海华沙驾驶着白桦树的独木船，
拿着杉木做成的钓线，
来到了它的上边。

海华沙对着河床的底层大喝一声：
"尝一尝我的香饵，大鲟！
来把我的香饵尝一尝！
你赶快从水底浮出来，
让咱俩比一比谁弱谁强！"
他把杉木的钓线
投入清澈透明的流水，
他等了一阵，大鲟理也不理，
他坐在那里等了半晌，
一声比一声喊得响亮：
"来尝尝我的香饵，你鱼类之王！"

大鲟"拿马"在水里不做声，
它慢慢地扇动着它的鳍，
抬起头来朝着海华沙张望，
听他的呼喊和叫嚷，
听他那莫须有的激昂；

88

那大声的叫喊终于使"拿马"厌烦，
它只得对那"堪诺亚"，
对那梭子鱼"马斯堪诺亚"讲：
"你去尝尝那粗汉的香饵，
去拉断海华沙的钓线！"

于是海华沙手里那根松松的钓线
猛地动了一下，又给拉紧了，
他用力向上一抽，
险些儿抽翻了独木舟，
船儿象一根白桦木浸在水里，
松鼠"阿儿道摩"高踞在船头，
跳跳蹦蹦，无止无休！

他终于看见那条鱼游上来了，
那是梭子鱼"马斯堪诺亚"，
向他身边游划，越来越近，
海华沙这一下可给它气昏，
他气得朝着水里叫喊：
"你真太不害羞，太不要脸！
你才不过是条梭子鱼'堪诺亚'，
我哪里把你放在心上，
我要的是那鱼类之王！"

梭子鱼听了意乱心慌，
跌跌冲冲地沉入河床；
那强大的鲟鱼"拿马"
对翻车鱼"乌甲瓦西"这样讲：
"你就去尝尝这大言不惭者的香饵，
去拉断海华沙的钓线！"

翻车鱼"乌甲瓦西"
从水里慢慢地浮起，
它摇摇摆摆，闪闪亮亮，
好似水里的一轮皎洁的月亮，
它吊住海华沙的钓丝，
用全身的重量吊住它摇晃，
水里给激起了一团漩涡，
独木舟给卷在漩涡里团团打转，
终于，汩汩的水圈
扩大到遥远的沙滩那边，
终于，那菖蒲和灯芯草
也在遥远的河边点头晃脑。

慢慢地，它浮出水面，
浮出水面象一个洁白的大圆盘，
海华沙一看见它，
就扯开嗓子向它轻蔑地叫嚷：

"你真太不害羞，太不要脸！
你才不过是条翻车鱼'乌甲瓦西'，
我哪里把你放在心上！
我要的是那鱼类之王！"

翻车鱼"乌甲瓦西"摇摇晃晃往下沉，
它那么苍白，仿佛一个鬼精灵，
这时"拿马"，那大鲟，
又听到海华沙的叫喊，
听到他大胆的挑战，
听到他这一片莫须有的骚嚷
响彻了辽阔的河面。

于是，从那铺着白沙的河床底层，
它愤怒地浮起身，
它气得每一根神经纤维打战，
全身的甲片响起叮当的声音；
它遍身的战争涂饰放出异彩奇光，
它一怒之下纵身向上，
仿佛闪电跃进了阳光；
它张开了血盆大口，
一口吞下了海华沙和他的独木舟。

海华沙一个倒栽葱，

堕入那个黑暗的穴洞，
好象在黝黑的河上，
一根大木材受到洪流的激冲。
重重的黑暗把他包围，
他胡乱摸索，绝望中感到惊奇，
最后他摸到一颗庞大的心房在跳动，
颤悸在一片无边的黑暗中。

他愤怒地敲打着那颗心，
在"拿马"的心房上挥着拳头，
他感觉到这勇猛的鱼王
每一根神经纤维都在颤抖，
他听到四下汩汩的水流，
他一边听，一边跌跌冲冲地跳着走，
他精疲力竭，忧烦涌上了心头。

海华沙为了安全，
往横里拖着那条独木船，
因为他眼前是一片骚动混乱，
他唯恐从"拿马"嘴里给摔出去，
只落得粉身碎骨，自取灭亡。
那只松鼠"阿几道摩"，
愉快地跳跃，愉快地叫嚷，
它辛勤地帮着海华沙拖船，

直帮他把这辛勤的劳作干完。

于是海华沙对它说：
"噢，我的小朋友，小松鼠，
你不辞劳苦，大胆给我帮助；
请你接受海华沙一片谢忱，
请你同意我给你取的这个名，
从今后一直到永远，
孩子们都会管你叫'阿儿道摩'，
管你叫竖尾巴的松鼠！"

再说那头大鲟"拿马"
重新在水里喘气，抖颤，
然后安静下来，给水冲上了岸，
它的身体擦着了鹅卵石，
海华沙侧耳细听，
听见它在岸边摩擦的声音，
觉察出它在海滩的鹅卵石上停顿，
知道那就是"拿马"，鱼类之王，
在海边上咽气，死亡。

接着他听到一阵扑扑的声响，
仿佛成群的飞鸟在振拍翅膀；
又听到一片混乱尖锐的叫声，

仿佛成群的飞鸟为食物纷争；
他看到头上有一道闪光，
穿过"拿马"的肋骨而闪亮，
看到海鸥的闪亮的眼睛，
"卡耀西克"的闪亮的眼睛，
透过洞口对他窥探，
还听到它们在喊喊喳喳地说话：
"那是我们的兄弟海华沙！"

海华沙在下面对它们欢呼，
在洞穴中向他们叫喊：
"噢，海鸥，我的兄弟们，
我已经杀了'拿马'，这大鲟，
请你们来扩大裂缝，
用你们的爪子抓开裂缝，
让我走出这黑暗的监牢，
往后世世代代的人们
都会记住你们的功劳，
管你们叫'卡耀西克'，海鸥，
管你们叫高贵的掘洞鸟！"

这一群勇猛的、喧嚣的海鸥，
协力齐心用嘴啄，用爪挖，
来对付那强大的"拿马"，

啄得它肋骨间的缝隙越来越大，

就这样救出了海华沙，

免得他囚禁在危险的监狱，

免得他在水底遭到不测之祸，

免得他葬身鱼腹。


他正站在自己的小屋附近，

站在那大海之滨，

他呼喊着瑙柯密老妈妈，

一边呼喊，一边招手叫她，

指给她看那大鲟"拿马"，

它正一动不动地躺在海滩的鹅卵石上，

成群的海鸥在它身上饱餐。


他说："我杀死了'弥歇—拿马'，

杀死了那鱼类之王！

你瞧我那群朋友，那群海鸥，

那群'卡耀西克'，正在它身上饱餐，

瑙柯密，你别赶走它们，

它们都是我的救命恩人，

使我没有在大鲟的腹中送命；

你且等到它们吃饱，

等这一顿美食把它们的嗉囊塞满，

等到日落时分，它们自会飞回家园，

飞回沼地上的窝巢，

然后你再拿出壶罐

来取鱼油，让我们度过冬寒！"

瑙柯密等到日落时分，

等到那夜间的太阳——苍白的月亮，

从静静的水上上升，

海鸥的盛餐才告完竣，

飞起身，掀起一阵嗓鸣，

飞过了那火红的落日，

飞往遥远的海岛，

飞入灯芯草丛中的窝巢。

海华沙走回家去睡觉，

留下瑙柯密在月光下操劳，

她那么耐心，那么勤劳，

直忙到太阳和月亮掉换了方位，

火红的太阳在高空中升起，

那"卡耀西克"，饥饿的海鸥，

从芦苇丛生的岛屿上飞回，

闹闹嚷嚷地把早餐寻觅。

整整的三个昼夜交替，

瑙柯密老妈妈和海鸥一起，

剥着"拿马"的脂肪丰富的肉体，
最后，浪花冲洗着它肋骨间的缝隙，
海鸥不再飞回来了，
海滩上只剩下"拿马"的残骸
听凭浪花的冲击。

## IX　海华沙和珍珠—羽毛

在那"吉却·甘米"的岸上，

在那闪亮的大海洋之畔，

站立着瑙柯密老婆婆，

她用手指指着西方，

指着对岸的西方，

指着落日时紫色的云帐。

火红的太阳正在降落，

烧红了它在天空中经过的道路，

天空在它后面起了火，

仿佛战阵上撤退的军队，

放一把火，免得敌军追随；

在东方，那月亮——夜的太阳，

突然跃出了它埋伏的地方，

紧紧追踪那血红的足迹，

追踪那战争和烽烟的痕迹，

脸上还带着火光的闪烁。

瑙柯密老婆婆

用手指指着西方，

对海华沙这样讲：

"那里住着巨大的，珍珠—羽毛，

住着一位魔术家'麦基苏旺'，

财富和珠宝都归他执掌，

有凶猛的巨蛇保卫他的边疆，

还有那黑水洋做他的江防，

你可以看到他那些凶猛的巨蛇，

那些'凯那比克'，庞然的巨蛇，

在水里游戏，在水里蜷缩。

你可以看到那边的黑水洋，

伸展到遥远的远方，

伸展到那落日的紫色云帐！

"是他用他的阴谋诡计，

杀死了我的亲生父亲，

那一次父亲从月亮里下降到人间，

到大地上来把我找寻。

他是个本领最大的魔术家，

从沼地里向人间散布热病，

散布瘟疫的水汽，

散布那含有毒素的臭气，

叫白雾从洼泽里升起，

在人间散布死亡和疫疠！

"噢，海华沙，带着那碧玉箭头的箭，

带着你的大弓，

带着你的战棍'派加沃根'，

带着你的手套'明吉卡文'，

驾起你白桦树的独木舟，

用那'弥歇—拿马'的油

把它涂得密密无缝，

让你驶过那黑水洋轻捷如神；

你去宰了那残忍的魔术家，

叫他再也不能从沼地那边喷气如云，

免得我们的人民再害热病，

也为我报复了杀父的仇恨！"

海华沙一听这话，

马上全副装备，

把白桦树的独木舟放下水，

轻轻地拍着船舷，

高兴地说："亲爱的'齐曼'，

白桦树的独木舟，快飞驶向前，

驶到那凶狠的巨蛇跟前，

驶到黑水洋那边！"

"齐曼"高高兴兴向前飞驶，

高贵的海华沙把战歌来唱，

声调那么激昂，那么悲壮，

听那战鹰翱翔在他头上，

庞大的战鹰"凯诺"在他头上翱翔，

它是百鸟之王，

在高空中尖声叫嚷，猛力冲撞。


顷刻间他就找到那些凶狠的蛇，

那些庞大的蛇，"凯那比克"，

栖息在水上，一群庞然大物，

在水里蜷曲翻腾，闪闪烁烁，

它们盘踞在水里挡住航路，

那火焰般的头颈昂然高举，

喷出一团团火热的云雾，

来往的行人谁也不能通过。


大无畏的海华沙大喝一声，

对它们发出这样的命令：

"'凯那比克'，快快让路，

让我继续我的航程！"

巨蛇凶狠地发出嘶嘶的叫声，

一边回答，一边喷气如云：

"回去！回去！'萧歌达雅'①！
回到瑙柯密身边去，胆小的娃娃！"

于是忿怒的海华沙，
张开力大非凡的梣木弓弦，
拔出玉头的箭，
朝着大蛇飞快地张弓射箭，
每一次弓弦震响，
都仿若战场上的呐喊，死亡的音响，
每一支箭飕飕地射出去，
就是一条毒蛇丧命的绝唱！

所有凶猛的蛇都翻滚折腾，
在那血污的水里送了命；
海华沙穿过巨蛇的尸体，
安全地航行，呼喊得那么高兴：
"噢，亲爱的'齐曼'，向前进！
向着那黑水洋前进！"

他拿起"拿马"的油，
涂敷着船舷和船头，
把它们好好地涂上油，

---

① 萧歌达雅（Shaugodaya）：印第安文，意谓胆小的人。

好向那黑水洋飞驶而去！

他整夜航行在水上，
航行在那积滞的水上，
水面浮着千年万代的污垢，
腐烂的水草搅黑了水流，
菖蒲和百合花叶在水里发臭，
啊！这一泓死水是这么暗晦，惨愁！
照着它的只有微暗的月光，
还有鬼火，亡魂在他们
困顿的夜之营房里点起的亮光。

天空给月亮照得那么皎洁，
水上给投下了幢幢的黑影，
蚊子"塞基玛"在他身边
响起战歌的声音。
萤火虫"哇—哇—达伊茜"挥动火炬，
引他走上了歧途；
那青蛙，那"达亨达"，
向月光里伸进它的头颅，
一对黄眼睛在他身上盯住，
哭泣了一阵，沉下水去；
于是，在整个的沼地上，
重新响起了千百下嗯哨声，

那"沙沙嘎"，那苍鹭，
远远地在那芦苇丛生的河浜，
通报这位英雄的来临。

海华沙向西方前进，
向着"麦基苏旺"的领域前进，
向着珍珠—羽毛的领域前进，
终于月亮在他身边瞪着眼睛，
苍白憔悴的月亮对着他的脸直瞪，
终于他身后升起火热的太阳，
太阳灼痛着他的肩膀；
在他前面的高地上，
他看见了那小屋闪闪亮亮，
那小屋属于珠宝的执掌者，
属于那魔术家之王。

于是他再一次拍拍"齐曼"，
又对他白桦树的独木舟说："开航！"
独木舟使尽了全身的力量，
向前一跳，意气扬扬，
跳过了睡莲花儿，
跳过了密集的灯芯草和菖蒲，
海华沙在那边沙滩上登了陆，
脚上不沾一星半点儿水珠。

他马上拿起桦木的弓，

把弓的一端放在沙滩上，

再用膝盖抵住弓身的正中，

扯紧那坚贞的弓弦，

又拿起一根镶着玉头的箭，

朝着那闪亮的小屋射击，

飕飕的箭象一个传令官，

去给英雄传递消息，

大声地、高傲地传递他挑战的消息：

"珍珠—羽毛，快快走出你的家门，

海华沙在等着你来临！"

那强大的"麦基苏旺"，

马上走出了闪亮的小屋，

他身材魁伟，肩膀宽阔，

面容那么可怕，那么黝黑，

从头到脚都戴满了珠宝带，

配备着各式各样的战斗器械，

身上涂着一块紫，一块蓝，一块黄，

宛若天空中灿烂的晨光；

他的头上还插着苍鹰的大羽毛，

朝着天空和四方招展飘摇。

他用打雷一般的声音咆哮，
还夹着大声的讽嘲：
"唔，我认识你，海华沙！
噢，你快回去，'萧歌达雅'！
快回到娘儿们跟前去，回到
瑙柯密老婆婆跟前去，胆小的娃娃！
我可以就地取你的命，
一如当年我宰了她的父亲！"

可是海华沙毫不害怕，
毫不胆怯，他这样回答：
"说大话不能当作军棍猛击狠打，
夸口的言谈也不能当作弓弦，
辱骂哪里比得上利剑，
有所作为才能胜过空言，
行动才能压倒大言不惭！"

于是开始了一场空前的鏖战，
太阳不曾见过这样的场面，
战鸟对这场面也是见所未见。
这场战打了整整一个炎夏的白昼，
从日出打到日落西天；
海华沙射出了多少根箭，
却不能把他的衣衫射穿，

他戴着魔术手套打出了多少拳，
一拳一拳落下来也是枉然，
笨重的军棍也不能把他打伤，
军棍能把岩石击成碎粉，
却不能击断珠宝魔衣上的网线。

太阳已经下山，
海华沙斜倚着桦木大弓，
疲倦，失望，还负了伤，
他的坚实的战棍已给折断，
他的手套已给打烂成碎片，
他只剩下了三支无用的箭；
他倚在一棵松树下面休息，
树枝上青苔攀满，
树干上还长着"死人的鹿皮鞋"，
长着黄色和白色的菌蕈。

突然，在他头上的树枝上，
啄木鸟"麻麻"对他歌唱：
"海华沙，把你的箭瞄准，
朝着'麦基苏旺'的头颅瞄准，
射击他那密密簇簇的头发，
射击他乌黑的长头发的发根；
只有这块地方才能叫他致命！"

于是，正当"麦基苏旺"弯着腰，
举起一块大石向外扔，
海华沙的箭飕飕地飞临，
碧玉的箭头，饰着羽毛的箭身。
一箭正射中了他的头顶，
射中了他长头发的发根，
他头昏眼花，跌跌冲冲，
象一只受伤的野牛狂跳乱蹦，
是的，象"帕西基"，象一头野牛，
在雪封的草原上奔走。

第二支箭比第一支还要快，
它沿着第一支箭的射程，
比那第一支箭刺得更深，
刺出了更创痛的伤痕；
于是"麦基苏旺"双膝发抖，
好象芦苇在风中颤索，
好象灯芯草一样弯腰点头。

第三支箭，最后的一支箭，
飞得最快，刺出的伤痕也最深，
那强悍的"麦基苏旺"，
看见"泼甲克"的凶狠的眼睛，

死神的眼睛，朝着他直瞪，
还听见死神在黑暗里呼唤他的声音；
于是这位最慓悍的魔术家，
这位伟大的珍珠—羽毛，
躺在海华沙的脚跟前丧了命。

于是，满怀感激的海华沙
呼喊啄木鸟"麻麻"，
喊它走出那栖身的树枝丛，
喊它走出那凄怆的松林；
为了酬谢它的功劳，
他把"麻麻"小头上的羽毛
在鲜红的血液里蘸了一蘸，
它到如今头上还留着这丛羽毛，
这一丛紫红色的羽毛，
象征着它当年的功劳。

然后他从"麦基苏旺"背上，
剥下了它那件珠宝缀成的衣衫，
作为这一次的战利品，
纪念他自己的汗马功劳。
他把那具尸体留在岸畔，
半截在水里，半截在陆上，
它的脚给埋在沙里，

它的脸蛋在水中掩藏。
那只伟大的战鹰"凯诺"
在它的上空鼓噪翱翔，
它飞翔的圈子越转越小，
向着地面下降，下降，下降。

海华沙把"麦基苏旺"
屋子里的财富一搬而光，
搬走了他所有的皮毛和珠宝，
搬走的皮革也不知多少——
有野牛和水獭，
还有花貂和黑貂，
搬走了宝带、珠带、钱包，
还有那镶着珍珠的箭袋，
袋里的箭都镶着银梢。

他欢天喜地地航行回家，
穿过那黑黝黝的海水回家，
走过那翻滚折腾的巨蛇面前回家，
满载着战利品回家，
欢呼着，高唱着凯旋之歌回家。

瑙柯密老婆婆站在岸上，
齐比亚波站在岸上，
岸上还站着大力士夸辛，

他们都在等待英雄的来临，
都在听他凯旋高歌的声音。

村庄里所有的人
都用歌唱和舞蹈来欢迎他，
为他举行一次欢乐的盛典，
向他呼喊："光荣归于海华沙！
他杀死了那强大的珍珠—羽毛，
杀死了那最猛悍的魔术家！
从今他再也不能散布恶毒的热病，
他再也不能让白雾从沼地里蒸腾，
再也不能给我们散播死亡和病症！"

我们的海华沙
永远也忘不了"麻麻"！
为了纪念那份友情，
为了纪念那份厚恩，
他在他自己的烟斗上
装饰着一簇紫红的羽毛，
"麻麻"头顶上那簇染着鲜血的羽毛。
至于"麦基苏旺"的一切财产，
那所有的战利品，
他都分给了人民，
每人分到相等的一份。

# X　海华沙的求婚

"弓弦紧缚着弓身，

女人偎贴着男人，

她把他制服，可又对他服从，

她引着他向前走，可又在他后面跟踪；

双双相依为命，缺了一个不行！"

年青的海华沙就这样，

自个儿言语，自个儿思量，

千丝万缕的思绪使他惶惑，

他不安，恐惧，渴念，又满怀希望；

他仍然梦想着那美貌而爱笑的流水，

梦想着那明妮哈哈，

她居住在达科他。

瑙柯密老婆婆警告他说：

"你应该娶一个本地的少女，

别上东方去追，别上西方去求，

别去找一个陌生的异邦少女！

邻里的姑娘纵然长得丑，

却好比炉灶里的炭火；

异邦的姑娘纵然美如天仙，

却象星光和月亮一样渺远！"

听了瑙柯密这番规劝，

海华沙只是这样回言：

"亲爱的瑙柯密老妈妈，

炉火纵然温暖，

可是我更爱星光，

我更爱月光！"

于是瑙柯密老妈妈严正地说：

"别把游手好闲的女人带到这儿来，

别把无用的女人带到这儿来，

她们双手笨拙，寸步难移，

你得娶个手指灵活的姑娘为妻，

做起事来得心应手，专心一志，

一双勤快的脚跑东又跑西！"

海华沙一边微笑，一边回答：

"在那达科他人住的地方，

有个造箭工匠的女儿，

那就是爱笑的流水明妮哈哈，

当今绝代的佳人得数上她。
我就要把她带进你的家门，
让她听你差遣命令，
让她做你的星光，月光和火光，
让她做我的人民的阳光！"

瑙柯密仍然对他劝告谆谆：
"别把那陌生的达科他人
接进我的家门！
他们是那么强霸凶狠，
常常和我们开战，挑衅，
积下了难忘的仇恨，
我们的创伤还在隐隐作痛，
哪堪让旧的伤口裂出新的创痕！"

海华沙笑嘻嘻地回答：
"即使光光为了这个原因，
我也一定要和那个达科他娇妞结婚，
让我们的两个民族修好联姻，
忘掉我们旧日的仇恨；
永远治好旧日的伤痕！"

于是海华沙离乡背井，
去到达科他人的国境，

去到美女们居住的国境；

他跨过了沼泽和草地，

穿过连绵无尽的森林，

穿过那茫无边际的寂静。


他穿上了鹿皮的魔鞋，

跨出一步就是一英里整整，

然而啊，前面依旧是迢迢的征程，

他的脚步赶不上他跳跃的心。

他不停地向前奔跑，

终于听到了瀑布的欢笑，

听见明妮哈哈泻泉般的声音

划破了寂静，向他呼啸。

他喃喃地说："这声音多美！

这呼唤我的声音有多美！"


在那密密的树林边上，

在阳光和树荫交界的地方，

成群的淡褐色的鹿在吃草，

它们并没有看见海华沙来到。

他对弓悄声地说："不要误事！"

又对箭悄声地说："不要曳出射道！"

于是他打发他的箭飕飕飞出去，

飞进那头红鹿的鲜红的心；

他把红鹿扛上肩头，
不停地向前面飞奔。

在达科他人的国境里，
那年老的造箭工匠，
正坐在他自己小屋的门口，
他在制造碧玉的箭头，
制造玉髓的箭头。
他的女儿，那爱笑的流水，
那可爱的明妮哈哈，坐在他身边，
用菖蒲和灯芯草编织席垫，
她的姿态百般的娇娜；
老人在为往事思量，
少女为着未来而神往。

他坐在那儿思量，
想起他以往怎样用这些箭，
在"马斯柯地"——在草原上，
射中了野鹿和野牛，
又射穿了那南归的飞雁——
那大声噪鸣的"哇哇"的翅膀；
他想起以前天下一有了战争，
对垒的双方都要来购买他的箭，
没有他的箭仗就打不成。

啊，昔日的那些高贵的战士们，
今日的世上再也找不到踪影！
当今的男人都好象女人，
只是用舌头当作武器的替身！

少女在怀恋着一位猎人，
他是另一个部落、另一个国家的人，
他年青，魁梧，长得英俊，
春天里，有那么一个早晨，
他来向她父亲买箭，
就坐在那小屋的里边，
他在门口徘徊了好久，
临去时还频频回头。
她曾听到她父亲把他夸赞，
夸赞他的聪明和勇敢。
他会不会再来到明妮哈哈的
泻泉跟前，再来买那些箭？
她的手停放在席垫上懒得挥伸，
眼睛里带着梦幻的神情。

他们在沉思中听到一声脚步声，
听到一阵树枝抖动的窸窣声，
于是，从那林地里，突然间，
海华沙出现在他们面前。

他肩上扛着那头鹿，
腮帮和前额那么红润鲜艳。

那年迈的造箭工匠，
连忙庄重地抬起头来看，
把那支没有做完的箭放在一旁，
赶快把他让进门，
一面站起身来迎接他，
说道："海华沙，欢迎欢迎！"

海华沙卸下了肩上的红鹿，
他在那爱笑的流水跟前
放下来了这个重负。
少女抬起头来望着他，
从灯芯草的席上抬起头望着他，
声色柔和地对他说：
"欢迎你，海华沙！"

那屋舍非常宽敞，
是用硝白了的鹿皮搭成的篷帐，
帷幕上漆画着
达科他人崇奉的许多神像。
门框是那样的高，
海华沙走进去用不着哈腰，

当他走进门的时候，

门框简直没有擦着他头上的鹰毛。


那爱笑的流水，那美丽的明妮哈哈，

也站起身，离开了地面，

把那没织好的芦席放在一边，

拿来了食物放在他们面前，

从小溪里舀来了清泉，

食物盛了一瓦罐又一瓦罐，

喝酒用的是级木大碗。

她听着那个客人说话，

她听着她的父亲回答，

可是她自己从不开口，

她自始至终一言不发。


啊，她好象在做梦一般

听着海华沙讲话，

听他讲起他小时候，

瑙柯密老婆婆怎样把他带大；

听他讲起他的友人们，

大力士夸辛，

歌手齐比亚波，

又谈起在奥基威人的境域，

在那个和平愉快的境域，

生活是多么的幸福和富足。

"经过了连年的交战，
连年的流血和斗争，
奥基威和达科他两个民族
已经恢复了友爱和平。"
就这样，海华沙继续往下讲，
又慢气吞声地细说端详：
"为了要使和平持久，
为了要使我们更亲密地携手，
为了让我们更加心连着心，
请把这位姑娘许配于我成亲，
这爱笑的流水，这明妮哈哈，
她是达科他族中最可爱的美人！"

那年老的造箭工匠，
他歇了一会儿，抽了口烟，
得意地望了望海华沙，
又疼爱地望了望明妮哈哈，
然后才严肃地回答：
"可以，只要明妮哈哈愿意，
你快快说真心话，明妮哈哈！"

那可爱的明妮哈哈，

她站在那里比平常更加可爱三分，
肯还是不肯，她都没有表明，
她只是走到海华沙跟前，
轻轻地坐在他身边；
她说着话，脸上泛起红晕：
"我的丈夫，我愿意许你终身！"

这就是海华沙的求婚！
就这样，他在达科他人的国境，
和那个年老的造箭人的女儿，
成了亲，订了终身。

他走出了那座小屋，
带着那爱笑的流水踏上归程，
穿过林地和草原，
他们俩携手同行；
剩下那个年老的造箭人，
站在门口寂寞凄清，
他听着明妮哈哈泻泉似的声音，
远远地向他们呼喊，
遥遥地向他们叫唤：
"明妮哈哈，别时容易见时难！"

那个造箭的老头，

坐在阳光温暖的门口，

一面重新做他的手艺，

一面这样喃喃自语：

"我们的姑娘就这样离开了亲人，

我们爱她们，她们也爱我们！

她们刚刚学会做我们的帮手，

正当我们年老力衰需要依靠她们，

就有那么一个羽毛飘飘的小伙子，

一个陌生人，带着芦苇做的短笛，

吹遍了整个的村子，

招引着这个最美丽的少女，

于是她跟着他去了，

为了一个陌生人，一切都丢下不要！"

他在回家的路上那么欢欣，

穿过了连绵不断的森林，

走过草地，爬过山岭，

越过河流，岗阜，和洼坑。

海华沙故意放慢了脚步，

免得让明妮哈哈落伍，

尽管他们走得这样慢，

海华沙还觉得这趟路程很短。

他抱着这位少女，

渡过河上壮阔的波涛；

他抱着她，觉得她轻如羽毛，

轻如他插在头上的羽毛；

他为她开辟荆棘丛生的小道，

掠开那摇晃不定的树枝，

晚上用树枝搭成一间小屋，

又用枞树的枝丫做成一张床铺，

用松树的干燥的球果，

在门口生起一堆熊熊的篝火。


各路的风都跟他们一起，

吹过森林，又吹遍草地；

夜间的星星都瞧着他们，

用不眠的眼睛看着他们沉睡；

那松鼠"阿儿道摩"

从橡树中隐身的地方，

用热烈的目光把这一对情人窥望；

那白兔"瓦巴沙"，

也从他们面前的山径上跳开，

在洞穴中对他们凝望，窥探，

它大模大样地坐在那里，

用好奇的目光把这一对情人仔细打量。

归程是多么的愉快！

鸟儿的歌声是那么甜蜜，嘹亮，

把那赏心乐事不断地歌唱。

歌唱的有蓝鸟"莪葳莎"：

"你真幸福，海华沙！

竟有这样一位妻子爱你！"

歌唱的还有知更鸟"莪碧溪"：

"你真幸福，爱笑的流水，

有了这样高贵的丈夫做你的依归！"

天上的慈祥的太阳，

透过树林的缝隙望着他们，

对他们说："我的孩子们，

爱情仿佛阳光，憎恨仿佛阴影；

生命的画面上阳光和阴影交替变化，

用爱对待你的妻子吧，海华沙！"

天上的月亮望着他们，

给他们宿夜的地方投下神秘的光彩：

悄声对他们说："我的孩子们，

白昼骚动，夜晚安宁，

男人暴躁，女人柔静；

我虽然只是跟踪太阳，

但毕竟有我自己的一半光阴，

明妮哈哈，对待你的丈夫要有耐心！"

就这样，他们赶着归去的路程，
就这样，海华沙来到了
瑙柯密老婆婆的家门，
他带回来了月光，星光，火光，
带回来了他的人民的阳光，
带回来了明妮哈哈，爱笑的流水，
一个绝顶美丽聪明的姑娘，
从那达科他人的故乡，
从那美女如云的异邦！

# XI　海华沙的婚宴

你将会听到那泼—普—基威，
那美丽的花花公子，
怎样在海华沙的婚礼上跳舞，
那个温文尔雅的齐比亚波，
那个最美妙的歌手，
怎样唱起他的爱情和渴望之歌；
还有那个好说大话的伊阿歌，
那个说故事的绝妙能手，
他讲了多少惊险的故事，
给宴席上平添了愉快的气氛，
来点缀这喜日良辰，
让全座的嘉宾都满意称心。
海华沙这次的婚宴，
瑙柯密备办得十分体面；
一切的碗盏都用级木做成，
那么洁白，又磨得那么光平；
又用野牛角做了羹匙，

那么乌黑，光洁，亮亮晶晶。

她差遣了多少信使，带了杨柳枝，
当做请帖，当做宴客的标志，
去跑遍了整个的村子，
把宾客统统请齐，
喜宴上嘉宾满堂，
个个穿着最华丽的衣裳；
系着珠宝带，穿着皮袍，
涂着鲜艳的色彩，插着羽毛，
佩着珍珠，垂着流苏，多美多娇！

他们先吃鲟鱼"拿马"，
梭子鱼"马斯堪诺亚"，
捉鱼的和煮鱼的，
都是瑙柯密老妈妈。
接着，他们又吃肉饼，
肉饼和水牛的骨髓，
还有鹿腰和野牛的肉峰，
还有金黄色的玉米饼，
河畔的野稻也成了桌上的盘餐。

可是风采翩翩的海华沙，
美丽可爱的明妮哈哈，

小心的瑙柯密老妈妈，
都不曾尝一尝面前的饭餐，
他们只顾招待客人，
悄悄静静地侍候嘉宾。

等到满场的嘉宾宴罢，
那手脚勤快的瑙柯密老妈妈，
就把水獭皮大烟袋里的烟草，
在那许多红石头的烟斗里装好，
她装的是南方的烟草，
里面混和着赤柳树的皮，
混和着芬芳的树叶和干草。

然后她说："啊，泼—普—基威，
来给我们跳几圈愉快的舞，
跳一圈乞丐舞来使我们欢愉，
来点缀这喜日良辰，
让满座的嘉宾都满意称心。"

于是那美貌的泼—普—基威，
那个慵懒的花花公子，
那个爱闹玩笑的淘气鬼，
人们管他叫大笨人，
他从宾客群中站起身。

玩耍和娱乐是他的拿手好戏，
雪鞋舞是他的精彩游艺，
他还会滚铁环，做球戏，
惊险的游戏他也拿手；
不论巧妙惊险，他样样精通，
他会做木碗和骰子游戏，
还会拿梅子核做游戏，
虽然勇士们都叫他胆小鬼，
叫他懦夫，"萧歌达雅"，
叫他懒鬼，赌鬼，花花公子，
可是他们的嘲笑他全不放在眼里，
他们的侮辱，他全不在意，
因为妇女们和小姐们
都爱美貌的泼—普—基威。

他穿着鹿皮做的上衣，
那么洁白，那么柔软，
嵌着珍珠，镶着貂皮的边，
他裹着鹿皮的绑腿，
边上饰着豪猪针和貂皮；
他脚上蹬着鹿皮的鞋，
羽毛和珍珠绣成密密的一片；
他头上插着天鹅毛，

狐尾缀在脚跟后边；
他一只手拿着羽毛扇，
另一只手拿着烟斗杆。

他脸上涂抹得一条红一条黄，
一条鲜艳的朱红，一条蓝，
他的脸儿闪光发亮。
他的长头发从额上向下披挂，
挑得象女人一样，又平又滑；
他头发上的油涂得那么闪亮，
辫子上缀着香草，浓郁芬芳；
笛声和歌声多么悠扬，
鼓声和人语声多么嘹亮，
泼—普—基威多么俊俏，
他从宾客群中站起身来，
开始跳起他的神秘的舞蹈。

他先庄重地跳了一转，
步伐和动作都十分缓慢，
他出没于松树林间，
穿过树荫，穿过阳光，
脚步象豹子那么柔软，
然后他越跳越快，
急转飞旋，不停地打圈圈，

跃过嘉宾们的头上，

旋转在小屋的周遭，

最后树叶儿也跟他一起旋转，

漫天的风沙，象漩涡一般

在他的周遭飞舞打转。


然后他沿着大海洋，

沿着那多沙的湖滨，

手舞足蹈地一个劲向前奔；

在沙滩上把脚直顿，

疯狂地把沙石掀到半空；

终于，风儿聚成一股狂飙，

把满天的沙石筛落下来，

仿佛漫天雪花飘飘，

让整个的海岸上堆满了砂丘，

那就是苏必利尔湖上砂石的山丘！


就这样，爱闹爱玩的泼—普—基威，

跳起他的乞丐舞来愉悦嘉宾，

跳完了他就回转身，

坐在宾客一起，满面春风，

挥着吐绶鸡毛的扇子，神色宁静。


接着他们又向齐比亚波，——

海华沙的要好的朋友，

一个最美妙的歌手，

最优秀的音乐家，提出要求：

"噢，齐比亚波，给我们唱个歌，

唱些爱情的歌，渴望的歌，

给宴席上添些愉快的空气，

来点缀这喜日良辰，

让满座的嘉宾都快意称心！"

那温文尔雅的齐比亚波，

他的口音那么温柔动听，

他的声调带着深沉的感情，

他歌唱渴念，歌唱爱情，

他的眼睛安静地望着海华沙，

望着美丽的明妮哈哈，

他唱起一支歌，歌声是这般轻灵：

"醒来，醒来，我的爱人啊！

你这森林里的野花！

你这草原上的小鸟！

你一双眼睛象小鹿一般媚娇！

"只消你望我一眼，

我就快乐无边，

好象草原上的百合花，

沐着甘露玉泉！

"你的呼吸是那么芬芳，

好象野花在早晨发出的芳香，

好象在那落叶之月 <sup>①</sup> 的黄昏，

野花发出的清芬。

"你可曾听见我全身的血液在跳荡，

迎着你跳荡，迎着你跳荡，

仿佛在那夜色最清朗的月份 <sup>②</sup> 里，

清泉跳荡着去迎接阳光？

"醒来吧，我的心在为你歌唱，

愉快地歌唱你和我在一起的那些日子，

好象在草莓生长的那个愉快的月份 <sup>③</sup> 里，

那轻轻地叹息着、歌唱着的树枝！

"我的爱人，每当你感到惆怅，

我也黯然神伤；

好象乌云把阴影投射在河上，

---

① 按指九月。

② 按指四月。

③ 按指六月。

明朗的河上就此黑暗无光！

"我的爱人，只要你脸上露出笑容，
我忧烦的心自会愉快轻松，
好象河上给凉风吹起涟漪，
在阳光下闪烁晶莹。

"微笑着，大地；微笑着，海洋，
微笑着，万里无云的穹苍，
可是没有了你在我身旁，
我便失去了微笑的力量！

"瞧我一眼吧，我的骨肉，我的身体！
瞧我一眼吧，醒来吧，我心房里的血液！
啊，醒来吧，醒来吧，我的爱人！
醒来吧，醒来，我的爱人！"

温文尔雅的齐比亚波，
就这样唱完爱情和渴望的歌；
那爱说大话的伊阿歌，
那个说故事的能手，
瑙柯密老婆婆的朋友，
他妒嫉这个美妙的歌手，
妒嫉宾客们赞扬这个歌手，

他望望四下所有的眼睛，

望望他们的姿态和神情，

看出这些赴宴的嘉宾，

都想听他说些有趣的故事，

说些荒诞无稽的事情。


伊阿歌真是大言不惭，

不论是怎样惊奇的历险，

都比不上他的历险豪壮空前；

不论是怎样勇武的功勋，

都比不上他的功勋超群绝伦；

不论是怎样美妙的故事，

都比不上他的故事新奇。


你要是把他的满口大话去听一听，

你要是把他的话信以为真，

那么，世界上就没有一个人射箭

射得有他一半高，一半远，

就没有一个人捉过他那么多的鱼，

没有一个人猎过他那么多的鹿，

也没有一个人捕的水獭有他多！


谁跑起路来也不能有他那么快，

谁潜起水来也不能有他那么深，

谁游泳起来也不能有他那么远，
谁也不曾赶过他那么多的路程，
谁见过的奇迹也抵不上他多，
谁也比不上这个稀世的伊阿歌，
天下说故事的绝妙能手只有他一个！

于是，广大的人民，
都把他的名字当做诨名和笑柄；
每逢有哪一个猎人
过份地夸耀了自己的本领，
或是一个战士从疆场归来，
过高地炫耀自己的功勋，
人们都要喊出这样的声音：
"啊，这是伊阿歌来临！"

当年就是这个伊阿歌，
他给小海华沙做了个摇篮，
他先用菩提树挖了个框子，
再用鹿筋把它牢牢地系缚；
也就是他教会了海华沙制造弓箭，
怎样用梣木做成弓身，
怎样用橡木做出箭杆；
今天，这个伊阿歌，
这个说故事的绝妙能手，

虽然是又丑陋又衰迈，

却陪着这宾客满堂，

高坐在海华沙的喜筵席上！

人们都说："好心的伊阿歌，

快给我们讲个奇异的故事，

快给我们讲个惊险的奇迹，

给宴席上添些愉快的气氛，

来点缀这喜日良辰，

让满座的嘉宾快意称心！"

伊阿歌立即回答：

"我就来讲个奇异的故事，

我就来讲个惊险的奇迹，

这回说的是'奥塞俄'，一个魔术师，

怎样从黄昏星座中降落到尘世。"

# XII  黄昏星的儿子

莫不是天空里的太阳，

降落到坦平的海洋上？

莫不是那正在漂游飞翔的红色天鹅，

给魔术的箭射伤，

用它的生命的血液，

把这满海的波涛染成紫绛，

用它羽毛上灿烂的色彩，

把这浩瀚的天空涂抹得灿烂辉煌？

是的，那是太阳在降落，

往海洋的深处落沉；

天空给染成一片紫，

海水泛着鲜艳的红晕！

不，那是红色天鹅在游泳，

向水的深处潜沉；

它的翅膀伸向天空，

它的血液把波浪染成鲜红！

在水上，那黄昏星，

在紫绛的色彩中颤抖，消溶，

悬荡在朦胧的微光中。

不，那是伟大的精灵

袍子上的一串明珠，

当他穿过朦胧的微光，

静悄悄地从天空走过。


伊阿歌看见这情景，真是高兴，

他连忙说道："你们来看！

来看那颗神圣的黄昏星！

我就要讲个奇异的故事给你们听，

这故事讲的是奥塞俄，

黄昏星的儿子奥塞俄。


"从前，在那记不起的年代，

几乎是刚刚开天辟地的年代，

那时候天空比现在离我们近，

神明比现在和我们亲，

有个猎人住在北方，

他生了十个年青美貌的姑娘，

长得和杨柳条一样柔嫩纤长，

最小的女儿叫莪文妮，

天生怪僻任性的脾气，

她是个不爱说话、只爱梦想的姑娘，

姐妹中间数她最漂亮。


"几个姑娘全都嫁了战士，

做了勇敢傲慢的人们的妻子；

只有那年纪最小的莪文妮，

对那些追求者都报以嘲笑和轻蔑，

不把那些年青美貌的追求者放在眼里；

后来她嫁给了奥塞俄老头，

啊，奥塞俄老头，他又穷又丑，

他年老力衰，伤风咳嗽，

老是咳得象一头松鼠。


"啊，但是奥塞俄的灵魂非常美丽，

他原是降生自黄昏星里，

黄昏星是颗女性的星，

它最是温柔多情！

他的热情全隐藏在他胸中，

他的美全寄存在他的灵魂里，

他的存在是一个神秘，

他的语言带着无限的瑰丽。


"被她拒绝了的那些追求者，

都是身串宝带的俊俏男人，

涂饰着彩色，插着羽毛的俊俏男人，

他们都对她讥嘲，

跟在她后面取笑胡闹，

可是她说：'我不在乎你们，

不在乎你们的珠宝带，

不在乎你们的彩饰和羽毛，

不在乎你们的取笑胡闹，

我跟奥塞俄在一起快乐逍遥！'

"一次，十姐妹给人请去做上宾，

她们都跟着自己的夫君，

在潮湿而幽暗的黄昏的微光里，

大伙儿向前行进；

年老的奥塞俄跟在后面，

美丽的莪文妮紧随在他身边；

人家都在说笑聊天，

只有他们夫妇默无一言。

"奥塞俄朝着西边的天空

定睛凝神，仿佛向谁求情，

他常常停下脚步，瞪着眼睛，

向那颤抖的黄昏星求情，

向那颗温柔的女性的星求情，

他们听见他喃喃细语的声音，
'可怜我吧！可怜我，我的父亲！'

"大姐姐说道：'你们听，
他正在祈求他的父亲！
啊，这老头儿没有在路上绊一交，
没有跌断他的脖颈，
这是多么遗憾的事情！'
于是他们纵声大笑，
丑恶的笑声震荡在整座的森林。

"在他们路过的林地里，
躺着一棵给暴风雨拔起的橡树，
躺着一棵橡树的粗干，
它给枯叶和青苔掩埋一半，
庞大，中空，碎裂，腐烂，
奥塞俄看见了发出一声叫喊，
一声痛苦无比的叫喊，
于是就向那张着大口的洞穴跃进，
于是，这头走进去一个老人，
苍老，消瘦，丑陋，满脸皱纹，
那头就走出了一个青年，
魁伟，挺直，英俊，强健。

"就这样，奥塞俄改变了面容，

恢复了他的美貌青春，

可是，啊！奥塞俄和莪文妮！

这个忠诚的女人，多么不幸，

奇怪，她也变了形，

变成一个衰弱的老妇人，

她拄着一根拐杖，歪歪倒倒向前走，

丑陋，消瘦，衰老，满脸皱纹！

她的姐姐和姐姐们的丈夫，

一个个都纵声大笑，

那丑恶的笑声，

震荡了整座的森林。

"可是奥塞俄并没有把她抛开，

他放慢了脚步走在她身旁，

拉着她的仿佛冬天橡树叶似的手，

那么的衰黄，那么的枯皱；

他喊她一声'我的心'，

还安慰她，倾吐他的蜜意柔情。

他们终于到了宴会的场所，

在一所小屋里就座，

这屋里供奉着黄昏星，

那温柔的女性之星。

"奥塞俄坐在筵席上，
沉醉于幻象，沉醉于梦乡；
人人快活，人人高兴，
人人愉快，奥塞俄可没有份。
他没有尝半点美酒佳馔，
他不说话，也无心谛听。
他坐在那里那么迷惘，
恍恍惚惚，凄凄怆怆，
先望了望我文妮，再望望
头上的天空在闪闪亮亮。

"于是从那星光闪烁的远方，
从那辽阔无边的穹苍，
传来一个声音，一声细语，
那么和谐，温柔，低沉；
那声音说：'噢，奥塞俄！
我的儿子，我的骨肉亲人！
那束缚着你的魔力已经解除，
魔术师的魔术都已消尽，
一切邪恶的魔力都已廓清，
快到我这儿来，奥塞俄，向天上飞升！

"'你快尝尝你面前的佳馔，

它已经受过祝福，施过魔法，

它具有魔术的功能，

会把你变成一个精灵。

你的碗盏和锅壶

将再不是木头和粘土；

碗盏将会变成珠宝，

锅壶将会变成白银，

它们将会象大红色的贝壳一样闪亮，

将会象火焰一样通明透亮。


"'还有那些娘儿们，

再也不会挨受劳役的不幸，

她们将会变成飞鸟，

闪耀着星光一般的美貌，

绮丽的黄昏的天空和傍晚的云彩

将会替她们抹上红粉绿黛！'


"奥塞俄所听到的这些悄语，

所听到的这些吩咐，

别人听来都只是些音乐节奏，

仿佛远处的飞鸟在啭动歌喉，

仿佛远处的怪鸥在啭动歌喉，

仿佛那孤寂的'瓦温乃莎'

在幽暗的森林里唱歌。

"接着，小屋开始颤抖，

开始动摇，开始震荡，

人人都感到它在不断地上升，

穿过空气，慢慢地升腾，

经过那黑苍苍的树顶，

升往那露湿的星辰。

它经过最高的树顶，

瞧！那木头的碗盆

全都变成了大红色的贝壳，

陶器的锅壶都变成

银杯、银碗和银盆，

那撑着小屋顶的木柱

变成了亮闪闪的银柱，

那蒙在屋顶上的树皮

好象甲壳虫的亮晶晶的翅翼。

"然后奥塞俄望望周围，

看见了那美丽的九姐妹，

九姐妹夫妇都变成了飞鸟，

长着各式各样的羽毛。

有的变成了画眉，八哥，

有的变成了喜鹊，樫鸟；

它们鸣啭，歌唱，跳跃；

振拍着全身的羽毛。

它们披着闪亮的羽毛大摇大摆，

尾巴象扇子一般散开。

"只有那年纪最小的莪文妮，

默默无言地坐在那里，

她依然是本来的面貌，

消瘦，干瘪，丑陋，衰老；

她凄然望着别人，

最后，奥塞俄朝天瞪着眼睛，

重新发出一声苦痛的呼喊，

正如他在森林里那棵橡树边

发出的那一声叫唤。

"于是她恢复了青春美貌，

她那污垢的、破破烂烂的衣裳

变成了黑貂的裘袍，

她的拐杖变成一根羽毛，

啊，一根闪亮的、银白色的羽毛！

"接着，小屋又一次颤抖，

它穿过透明的云雾，穿过气流，

摇摇摆摆地向天空升腾，

进入那灿烂辉煌的天庭，

停落在黄昏星座之上，

宛如一片雪花落在另一片雪花上，
一片树叶落在河上，
一片蓟毛落在水上。

"奥塞俄的父亲出来相迎，
满口的欢迎，话里流溢着欢欣，
他的银白色的头发那么闪亮，
他的眼睛那么柔和宁静。
他说：'奥塞俄，我的儿子，
把你带来的这一笼鸟高高挂起，
挂起这个银棒做成的笼子，
挂起这些羽毛闪亮的鸟，
把它们在我的门口挂好。'

"他在门口挂好了鸟笼，
大家欢欢喜喜地走进门，
倾听奥塞俄父亲的讲话，
倾听这黄昏星的国君。
他说：'噢，我的奥塞俄，
我一直对你存着同情，
如今赐还给你美貌青春，
又把你的大小姨子和连襟，
变成各种各样的飞鸟，
这是因为他们对你嘲笑，

嘲笑你的形容衰老，

嘲笑你凄惨干瘪的外貌，

看不见你那颗热情充溢的心，

看不见你永驻不朽的青春；

只有那忠诚不渝的莪文妮

看到你赤诚的心，爱上了你。


"'在那边的一座亮晶晶的小屋里，

靠着左边，穿过雾气，有个

闪闪烁烁的小星座，

星座上住着那个嫉妒的恶神，

他就是"瓦本诺"，一个魔术师，

把你变成老人的就是他。

你要当心别让他的光落在你身上，

因为他身上的光芒，

就是魔术的力量，

他就是用这些箭把人刺伤。'


"多少年来，奥塞俄和他的父亲，

居住在黄昏星座里，和平宁静；

多少年来，在那小屋的门旁，

那个银棒笼子里的小鸟，

不停地歌唱，拍着翅膀；

那坚贞美丽的莪文妮，

给奥塞俄生了个儿子，
他象母亲一样地美丽，
象父亲一样具有勇气。

"孩子不断地发育滋长，
奥塞俄为了叫他喜欢，
给他做了些小弓小箭，
又打开那银棒的大鸟笼，
把他的姨父姨母释放，
放出了所有的鸟，个个羽毛闪亮，
让他把小箭对着他们射放。

"鸟儿们一飞冲天，翱翔旋转，
于是黄昏星座上乐音悠扬，
充满了自由欢乐的歌唱，
黄昏星座上泛起五色缤纷的光彩，
充满着它们翅膈的震响；
最后，这孩子，这小猎人，
扳起弓，射出一支箭，
射出一支飞快的、致命的箭，
于是一只羽毛闪亮的鸟受了重伤，
应声落在他的脚旁。

"可是，啊，这个变化多么奇妙！

在他面前的已不是一只鸟，

而是一个少妇，年青美貌，

她的胸上刺着一支箭！


"她的血液滴落在星座上，

滴落在这神圣的黄昏星座上，

于是，这无畏的弓手，这个青年，

他身上的魔力立刻消散，

奇异的魔法失却了力量！

他突然感到有多少只无形的手，

拉着他降落到地面，

拉着他穿过辽阔的空间，

穿过云层和水汽下降，

最后，他降落在一个岛上，

降落在一个芳草凄迷的岛上，

在那边的大海洋上。


"在他后面，他曾看见

羽毛闪亮的鸟儿纷纷下降，

它们扑着翅膀，跌落到地面上，

好象秋天里的红叶飘飘荡荡；

那座撑着银柱的小屋，

带着它甲壳虫翅膀似的屋顶，

那屋顶象甲壳虫翅鞘一般透明，

猛地被一阵天风刮起，

向海岛上慢慢地落沉，

把善良的奥塞俄带回到地面上，

把坚贞的莪文妮带回到地面上。

"于是那些鸟儿又一次变了样，

恢复了本来的人的形状；

回复了原形，身材却是两样，

全都变成矮小的身个，

好似'普克—乌吉'，好似侏儒模样，

每当夏天的爽朗的晚上，

每当黄昏星在天空闪亮，

他们就彼此携着手跳舞，

在那海岛的嵯峨的岬角上，

在那又低又平的沙滩上。

"每逢宁静的夏日的傍晚，

依旧看到他们那座小屋在闪亮，

有时候，渔夫在岸上

还听到他们快乐的音响，

还看到他们跳舞，披着星光！"

这个故事讲到这里完竣，

这个奇妙的传说到此告终，

伊阿歌望了望周遭的听众，
严肃地作了这样的补充：
"我曾认识这样一些伟人，
他们的人民可不了解他们，
甚至拿他们当作笑柄，
极尽了讥嘲侮蔑的事情。
但愿他们从奥塞俄的故事里，
看明白滑稽小丑的命运！"

这奇妙的故事叫那满座的嘉宾，
一个个都听得无限高兴，
听得纵情欢笑，大声欢呼，
他们还悄悄地相互细语：
"这个人是否就是他自己？
莫非我们就是他的姨母姨父？"

接着齐比亚波重新开始歌唱，
把一首爱情和渴恋的歌儿来唱，
韵律是那么温柔甜蜜，
曲调里带着沉思的凄寂，
他歌唱一个姑娘为她的情人，
为她的"阿尔冈昆"，叹息：

"当我想起了我的情人，

啊！想起了我的情人，

当我的心在想着他，

啊，我的心上人，我的'阿尔冈昆'！

"当初我和他别离，他把

一串珠宝在我脖子上挂起，

一串雪白的珠宝，当做爱的凭证，

啊，我的心上人，我的'阿尔冈昆'！

"他曾悄声对我说:'我愿跟你同往，

啊，去到你的故乡;'

他曾悄声地说:'让我跟你同行,'

啊，我的心上人，我的'阿尔冈昆'！

"我曾回答:'我的故乡很远,'

我曾回答:'我的故乡太远，

啊，我的故乡远在天边,'

啊，我的心上人，我的'阿尔冈昆'！

"当我回头把他张望，

望着我们别离的地方，

他还在痴痴地看着我的背影，

啊，我的心上人，我的'阿尔冈昆'！

"他依然站在那棵树旁，

站在那棵倒下的树旁，

那大树正倒在水滨，

啊，我的心上人，我的'阿尔冈昆'！

"当我想起我的情人，

啊，想起我的情人，

当我的心想起了他，

啊，我的心上人，我的'阿尔冈昆'！"

这就是海华沙的婚礼，

这就是泼—普—基威的舞蹈，

这就是伊阿歌的故事，

这就是齐比亚波的歌唱；

喜筵就这样地结束，

嘉宾就这样地散场，

留下了海华沙和明妮哈哈

共同消受这幸福的夜晚。

# XIII 玉蜀黍田的祝福

噢，唱吧，《海华沙之歌》，
歌唱那往后的欢乐的时光，
在奥基威人的国土上，
在那愉快和平的国土上；
歌唱孟达明的神秘事迹，
歌唱那玉蜀黍田的祝福！

血淋淋的斧头已给埋葬，
可怕的战棍已给埋葬，
一切作战的武器都已埋葬，
征战厮杀的嚣嚷已给遗忘。
各民族已经和平相处，
猎人逛遍山林无忧无虑；
男人们用白桦树建造独木舟，
到湖上和河上去捕鱼，
还要捕捉水獭，猎取野鹿；
女人们安心安意地干活，

她们用枫树熬出枫糖，

在草地上收割野生的食粮，

硝制鹿皮和水獭皮做成衣裳。


围绕着这整个快乐的村庄，

全是玉蜀黍的田地，碧绿闪亮，

孟达明的绿色的羽毛在飘荡，

他那柔软闪亮的长发在飘荡，

丰饶的庄稼在大地上成长。

春天里，这里的娘儿们

播种辽阔肥沃的田地，

把孟达明埋进土里；

到了秋天，这里的娘儿们

剥掉玉蜀黍的黄色的外衣，

剥掉孟达明的衣裳，

照着海华沙教她们的那样。


有一次，玉蜀黍都已种下，

深谋远虑的海华沙

对他的妻子明妮哈哈

讲了这样的一段话：

"今夜你得为玉蜀黍田祝福，

在田地周围画上一个魔圈，

防止它们受到毁坏，

防止昆虫侵扰，防止腐烂，

防止'韦几明'，谷田里的蟊贼，

防止'裴木塞'把玉蜀黍穗子偷窃！

"等到夜晚，更深人静，

等到夜晚，黑暗降临，

等到那睡神尼巴温

关上了家家户户的门，

没有一只耳朵听到你的声音，

没有一只眼睛看见你的身影，

你便悄悄地爬起身来，

把身上的衣裳脱光剥尽，

到你耕种的田地里去走一遭，

绕着玉蜀黍田的边界走一遭，

你只消用你的长发覆身，

借黑暗的夜色当作衣袍。

"这样，玉蜀黍田就会更加肥饶；

让你的脚步沿着田地的周遭

画上一个魔术的圆圈，

让它不会雕萎，不会腐烂，

无论是打洞的蚯蚓还是昆虫，

都不能越过这个魔圈；

无论是蜻蜓'克芜—纳—西'，

还是蜘蛛'苏白卡茜',

还是蚱蜢'勃—普—基那',

还是那凶狠的毛虫,

那披着熊皮的'韦—木—瓜那',

那毛虫之王,全都不怕!"

在玉蜀黍田畔的那些大树顶上,

有成群的饥饿的乌鸦嚷嚷,

"卡甲儿",那乌鸦之王,

率领着一批黑色的暴徒多嚣张。

它们对海华沙嘲笑,

笑声震动得树顶飘摇,

它们的笑声那么凄惨,

在嘲笑海华沙大言不惭。

它们说:"听吧,听听这位聪明人,

听听海华沙擘划的苦心!"

寂静无声的夜幕降临,

茫茫的黑暗笼罩着田野森林,

悲伤的"瓦温乃莎"

在栩树丛中忧愁地歌唱,

睡眠的精灵"尼巴温",

关上了家家户户的门,

于是明妮哈哈爬起身,

把身上的衣服脱光剥尽，

借着夜色的遮掩和保护，

没有了羞耻，没有了恐惧，

放心大胆地绕着玉蜀黍田走了一周，

她的脚步绕着玉蜀黍田

划了一个神圣的、魔术的大圈。


什么人也没有，只有午夜看见

她遮掩在夜色里的美貌，

只有"瓦温乃莎"听见

她那胸口在喘气；

那黑暗之神"格斯基渥"，

用他神圣的斗篷把她裹牢，

谁也看不见她的美貌，

谁也不能夸口说："我看见她了！"


明天，天空刚刚透曙，

那乌鸦之王"卡甲几"，

聚集了它所有的黑色暴徒，

大鸦小鸦，画眉八哥，

在朦胧的树顶上聒噪不休，

向下直扑，那么飞快，毫无畏惧。

扑向海华沙的玉蜀黍田，

扑向孟达明的坟墓。

它们说："我们可要把孟达明
拖出坟墓，叫它无处葬身，
尽管那爱笑的流水在它的四转
画了多少个的魔术圈圈，
尽管明妮哈哈的神圣的足迹
曾在它的周遭踏遍！"

但是海华沙非常谨慎，
始终深思熟虑，机敏细心，
当它们在树顶上嘲笑他，
他偷听到这一阵轻蔑的笑声。
他说："好吧，乌鸦朋友们，
'卡甲儿'，乌鸦之王！
我要给你们一次教训，
叫你们终身难忘！"

天还没亮，他就起了床，
他在所有的玉蜀黍田上
撒下了捕捉乌鸦的罗网，
他自己在附近松树林里躲藏，
等着大小乌鸦来到，
等着画眉八哥落网。

不久，它们鼓噪着来了，

拍着翅膀，粗嘎地叫嚷，

来显现它们破坏的伎俩，

它们落在玉蜀黍田上，

嘴和爪子深深地掘进土里，

要把孟达明的尸体挖出土壤，

它们用尽了奸滑狡诈，

用尽了它们的鬼蜮伎俩，

看不见危险就在眼前，

到最后它们的爪子给绊住，

于是，它们这才发现

落入了海华沙撒下的罗网。


海华沙走出了藏身的树林，

大踏步走近鸦群，威风凛凛，

他的脸容那么威严，

最勇敢的乌鸦也给吓得打颤。

海华沙铁面无情，把它们歼灭干净，

从左到右，十个一群，二十个一群，

它们那些丑恶的尸体

全给高高地挂上了竹篙，

围绕着神圣的玉蜀黍田的周遭，

当作报了仇雪了恨的信号，

当作给暴徒们的警告。

只有"卡甲儿"，那乌鸦之王，

"卡甲儿"，那乌鸦的首领，

只有它独自保全了性命，

当作对他的人民的抵押品。

海华沙用大绳把它缚紧，

领着这个俘虏走回家门，

再用榆树皮把它捆绑，

系在他家的屋脊梁上。

他说："'卡甲儿'，我的乌鸦，

你，这群强盗的首领，

你，这次恶作剧的主使人，

你策划了这一次的暴行，

我要把你扣留拘禁，

作为你们一族的质押品，

作为你们改邪归正的保证！"

这乌鸦，它那么阴沉，狰狞，

他让它栖息在早晨的阳光中，

栖息在他小屋的屋顶，

满怀恼怒地使劲噪鸣，

枉然地拍着它那乌黑的大翅膀，

可哪里能达到它脱身的愿望？

哪里还能聚众啸嚷？

转眼又过了夏季，夏温达西
把他的叹息吹遍了大地，
他从南方送来了香气，
送来频频的飞吻，温暖柔媚；
田里的玉蜀黍在成熟，茁壮，
终于长得瑰丽异常，
饰着流苏，佩着羽毛，
穿着金黄碧绿的衣裳，
它的穗子那么丰腴，发亮，
从那绽裂的绿鞘里闪光。

于是瑙柯密老婆婆，
对那明妮哈哈这样地说：
"这是一个快要落叶纷飞的月份，
一切野生的稻禾都已收割完尽，
玉蜀黍也已长熟，等着收成，
让我们赶快把庄稼收割，
让我们来和孟达明肉搏，
剥掉他的羽毛的长发，
剥掉他金黄碧绿的衣服！"

那活泼有趣的明妮哈哈，
随着衰老干瘪的瑙柯密老妈妈，

欢欢喜喜地走出了家门，

她们召集了四邻的妇人，

召集了多少少男和少女，

来参加玉蜀黍田里的收成，

帮着把玉蜀黍的外衣剥尽。


在那座树林的边缘，

在那些芬芳的松树下边，

坐着多少老人和战士，

他们在舒适的树荫里抽烟。

在那一片鸦雀无声的寂静中，

他们望着年青的男男女女，

正在进行欢愉的劳动；

听着他们在闹闹嚷嚷，

听着他们在欢笑，歌唱；

听着他们象喜鹊似的唧唧喳喳，

听着他们如樫鸟般笑声嘹亮，

听着他们象知更鸟一般歌唱。


每逢有一个幸运的少女

剥出了一根红色的玉蜀黍，

剥出一根鲜红如血的玉蜀黍，

他们就一致欢呼："瞧！

你将获得一个情人，

你将获得一个美貌的夫君！"
老人们都从松树下面的座位上
一致呼应："一定，一定！"

每逢有个青年或是少女，
剥出一根弯弯曲曲的玉蜀黍，
剥出一根枯萎、霉烂，
形状丑陋的玉蜀黍，
大家便纵声大笑，唱着歌，
绕着玉蜀黍田蹑手蹑脚地趔趄，
模仿着老态龙钟的老人，
身子弯得几乎象一把弓，
响起独唱或是合唱的歌声，
"'韦几明'，玉蜀黍田里的贼蟊，
'裴木塞'，鬼鬼祟祟的强盗！"

终于，玉蜀黍田里震响着笑声，
终于，从海华沙的小屋上，
那乌鸦之王"卡甲几"，
气愤得发抖，叫声凄厉，
于是，从邻近所有的树顶，
黑色的暴徒一致发出呱呱的噪鸣。
老人们都从松树下面的座位上
一致呼应："一定，一定！"

# XIV 画图记事

在那些日子里，海华沙曾这样讲：
"瞧！昔日的事物都在雕残，消亡！
无论是往古的伟大传统，
还是战士们的伟绩丰功，
无论是猎人冒险的经历，
还是医师渊博的学识，
无论是魔术师的巧妙聪明，
还是先知们绮丽的梦想和远景，
都已从老年人的记忆里，
消失得无踪无影！

"历代的伟人死后便被人遗忘，
贤者的遗言睿智无量，
听众的耳里却已不遗余响，
没有给后代留下榜样。
因此，那尚未诞生的后代，
只有置身在一片黑暗茫茫，

度过往后无声无息的时光！

"在我们祖先的墓碑上，
没有涂上任何的记号和图象；
我们不知道坟墓里躺的是何许人，
只知道那是我们的先人。
他们属于哪个谱系，哪个族门，
世代相传是什么样的图腾，
是熊，是海獭，还是苍鹰，
我们不知道他们的根脉，
只知道他们是我们的先人。

"待在一起我们可以谈心，
远隔异地可就不成，
可就不能把我们心里的话
传达给我们远方的友人；
我们若想捎个秘密的口信，
捎信人就会知道我们的隐情，
他会把它曲解，把它泄漏，
把它讲给别人去听。"

就这样，海华沙一边讲，
一边在孤寂的森林里闲逛。
他在森林里沉思默想，

为他的人民的幸福细细思量。

他从袋里取出各种颜料，
取出五颜六色的油漆，
在白桦树上拣一块光洁的树皮，
画出了多少的形象和图记，
多少奇妙神秘的图记，
每一个图都有个意义，
它代表一个字或是一个思维。

全能的"吉谢·曼尼托"，生命的主宰，
他给画成鸡蛋的形态，
蛋上有突出的尖角，
朝着四季的天风伸开，
这个图案的意义表示，
伟大的精灵无处不在。

强大的"弥歇·曼尼托"，
那个可怕的恶之精灵，
他给画成了一条蛇，
画成一条庞然大蛇，
这个爬行的恶之精灵，
非常狡猾，非常机敏，
这图案就把这层意思表明。

生和死给画成许多圆圈，
生命是白圈，死亡是黑圈，
他还画了太阳，月亮，星星，
画了鱼和爬虫，野兽和人，
画了山川，江河，森林。

他把土地画成一条直线，
线上面一把弯弓就是蓝天，
天地间白色的空间是白昼，
加上些小星星就是夜间。
左边的一点表示日出，
右边的一点表示日落，
天顶上一点表示中午，
那处处下垂的曲线，
表示阴霾和下雨。

通向小屋，画上点点的足印，
那就表示宴请嘉宾，
表示有了贵客临门；
一双血污的手掌高高举起，
那就是毁灭的印记，
象征着仇恨和敌意。

海华沙把这一切的事情，
都给他纳罕的人民讲明，
还把它们的含意说清：
"瞧，你们祖先的墓碑上
没有符号，没有标志，没有记印，
快去画上一些图形；
每座坟都画上每个家族的记印，
再加上它自己祖先的图腾；
使得后代的子子孙孙，
能够辨认他们的先人。"

于是，大家伙儿都在
那还没有给遗忘的墓碑上，
分别画上祖先的图腾，
分别用家族的符号标明，
画上大熊，驯鹿，乌龟，
仙鹤和水獭的图形，
每一个图形都是倒置，
表示它的主人已经去世，
表示那拥有这个符号的首领，
已经躺在地下，化作灰尘。

"约萨基德"，那些先知，
"瓦本诺"，那些魔术师，

"密达"，那些医师，
都在树皮和鹿皮上画出
他们所唱的歌曲的图形，
每一支歌都有一个记号，
都是些神秘而异常的图形，
形状奇异，色彩鲜明，
每个图形都有它的意义，
每个图形都表示一支魔术的歌。

那伟大的精灵，那造物之神，
把光亮闪射在整个天空；
那大蛇，"凯那比克"，
它血红的颈筋高耸，
它爬行，凝神望着天空，
天空中，太阳正在静听，
月亮正在亏蚀，消隐；
天空中有魔术之鸟鸱鹕，
还有鸥鹁和苍鹰，仙鹤和猛隼；
无头的人们在天空中步行，
地上躺满了乱箭戳穿的尸体，
高举的死亡之手沾满血痕，
坟墓上长着菖蒲，伟大的战士
抓着大地和天空。

他们在桦树皮上和鹿皮上，

画的就是这些图形；

那战争之歌和狩猎之歌，

医药之歌和魔术之歌，

全都用这些图形表明，

每一个图形都有它的意义，

每一支歌都有一个图形作为铭记。


情歌并没有给忘掉，

一切的医术抵不上它的微妙，

一切的魔术抵不上它的灵验，

它比战争和打猎还要危险！

于是情歌有了记载，

用符号和标志记录下来。


首先画一个站立的人形，

猩红的色彩异常鲜明，

那是个音乐家，是个情人，

这个图形的意义就是：

"我绘画的艺术使我胜过别人。"


接着是一个坐着的人像，

他击着魔鼓，在歌唱，

这个图形的含义是这样："你听，
你听到的声音就是我的歌唱！"

然后还是那个穿红衣的人，
他在一座屋子的阴影中坐定，
这个图案的意义是这样：
"我愿意来坐在你的身旁，
我满怀的热情奥妙异常！"

然后是两个人，一男一女，
手搀着手站在一处，
他们的手搀得那么紧，
仿佛是两个人合做了一个人，
这情景可用这样的文字表明：
"我看见了你胸膛里的心，
你的双颊泛起了红晕！"

接下去是，一个女郎站在孤岛上，
站在一个孤岛的正中央；
这个形象叫人联想起这样的歌唱：
"虽然你隔得那么远，
你在一个遥远的岛上，
我自会把一种魔力撒落在你身上，
我自有一种魔术般的热情的力量，

马上把你吸引到我的身旁！"

然后是一个熟睡着的姑娘的形象，
她的情人待在她身旁，
把呢喃的软语送进她的梦乡，
他这样讲："虽然你离开了我，
远在那睡眠与寂静的故乡，
我爱情的声音依然会传到你的耳旁！"

最后的一个形象是这样：
一个圆圈围着一颗心脏，
心儿给围在魔术圆圈的中央，
这个形象的意义是这样：
"在我的面前袒露你的心房，
我把絮絮细语注入你赤裸的心房！"

就这样，海华沙凭着他
绝顶的聪明，教会了人民
作图绘画的奥妙，
教会了他们画图记事的本领
画在光滑的桦树皮上，
画在洁白的鹿皮上，
画在村庄里的墓碑上。

# XV　海华沙哭亡友

在那些日子里，一切罪恶的精灵，
一切为非作歹的鬼神，
都害怕海华沙的智谋，
害怕他对齐比亚波的感情，
妒嫉他们忠诚不渝的友情，
妒嫉他们高贵的行动和言论，
终于结成一个联盟，
想要打扰他们，毁灭他们。

海华沙又聪明又谨慎，
常常跟齐比亚波说明：
"我的兄弟，不要从我身边离开，
免得罪恶的精灵把你伤害！"
齐比亚波年青任性，毫不在意，
满面堆笑，挥动他乌黑的长发，
他又可爱、又孩子气地回答：
"噢，老兄，别为我担心，

阴险和祸害近不了我的身！"

有一次，冬之神北波恩
给大海洋盖上了一层冰，
雪花飞转急旋，降落
在那枯萎的橡树叶中，嘶嘶作声，
把松树林变成一座座小屋，
把整个的大地罩上一层寂静，——
齐比亚波只影单身，
穿上雪鞋，带了弓箭，
全不理睬他兄长的警告，
全不害怕那罪恶的精灵的侵扰，
到外面猎获雄鹿去了。

野鹿就从他的面前
飞快地跳过大海洋，
他冒着雪，冒着风，
在那结了脆冰的湖面上追踪，
他浑身充满着逐猎的狂劲，
充满着逐猎的狂热的欢欣。

可是，那些罪恶的精灵，
正躲在冰层下面等他来临，
它们敲碎了他脚下脆薄的冰块，

把他拖到大海洋的底层，
在沙土里埋葬了他的肉身。
水底的水神安克塔西，
达科他人崇奉的神祇，
在"吉却·甘米"的深渊里
把他活活地给淹毙。

海华沙从那海滩的岬角上，
发出一声惨痛的哀号，
发出一声可怕的嚎啕，
野牛停下来静听，
豺狼在草原上咆哮，
远方有隆隆的雷霆，
酬和着壮烈的悲声。

于是他把脸上涂成黑色，
用自己的外衣覆盖着头颅，
他坐在小屋里哀哭，
哭了漫长的七个星期，
吐露不尽满怀的悲凄：

"他死了，这个美妙的音乐家！
这个最最动听的歌手！
他永别了我们而去！

从今他和那音乐的圣主①，

和那歌唱的圣主②，

便稍稍接近了一步，

哦，我的兄弟，齐比亚波！"

还有那些忧悒的枞树，

在他头上挥动着墨绿色的扇，

在他头上抖动着紫色的球果，

安慰他，和他一齐叹息唏嘘，

在他的痛哭声中

混和着它们的痛哭和怨诉。

春天来了，所有的树木，

再也找不到齐比亚波，

小河在轻轻地叹息，

草地上的灯芯草在叹息。

树顶上，蓝鸟在歌唱，

蓝鸟"莪葳莎"在唱歌：

"齐比亚波！齐比亚波！

这美妙的歌手，他已死亡！"

---

①② 均指上帝。

知更鸟在小屋跟前歌唱，
知更鸟"莪碧溪"在歌唱：
"齐比亚波！齐比亚波！
这绝妙的歌手，他已死亡！"

夜晚，整个的森林，
充满了鸥枭的怨鸣，
充满了"瓦温乃莎"的哭声，
"齐比亚波！齐比亚波！
这美妙的音乐家，他已死亡！
这绝妙的歌手，他已死亡！"

于是，那些医生，"米达"，
那些魔术师，"瓦本诺"，
那些先知，"约萨基德"，
都来拜访海华沙，
在他身旁筑起一座祀神的帐篷，
排成寂静而严肃的行列，
去劝解他，把他慰问。
每人带着一个治病的袋子，
袋子用海狸、山猫、水獭皮做成，
装着魔术的树皮草根，
装着良药灵验如神。

海华沙听见他们走近，

立即停止了哀哭的声音；

停止了对齐比亚波的呼唤，

什么话也没问，什么也不答言，

他只是露出了悲戚的面容，

不声不响地慢慢擦干

他涂在脸上的悲悼的色彩①，

不声不响地慢慢跟踪到

他们那座祀神的帐篷。


在那里，他们给他饮了一杯魔药，

这药里含有荷兰薄荷，

还含有西洋蓍草，

还有烈性的树根，治病的药草；

他们敲起鼓，把那手鼓直摇，

单独歌唱或是合唱，

尽唱些神秘的曲调：


"我呀，我呀，你们瞧我！

这是伟大的灰鹰在叙述；

来，白鸦，来听他唱歌！

帮助我的有那轰响的雷霆，

① 系指第一百七十八页中所说的他涂在脸上的黑色。

帮助我的有那一切无形的精灵；

我听见他们呼唤的声音，

我听见他们的声音响遍天庭，

我的兄弟，我能使你强壮，

海华沙，我能医治你的创伤！"

"海—噢—哈！"合唱队回答。

"威—哈—威！"神秘的合唱队回答。

"我的朋友都是巨蛇大蟒，

听我把我的雌鹰皮摇晃，

我能宰了白鸬鹚'马亨'，

我能射穿和绞戮你的心！

我的兄弟，我能让你强壮，

海华沙，我能医治你的创伤！"

"海—噢—哈！"合唱队回答。

"威—哈—威！"神秘的合唱队回答。

"我呀，我呀，先知！

当我说话的时候，帐篷打战，

这祀神的帐篷恐怖地抖颤，

一双无形的手开始把它摇撼！

当我走路时，我踩着的天空

在我脚下折弯，发出哗响，

我的兄弟，我能叫你强壮！
海华沙，起来把话讲！"

"海—噢—哈！"合唱队回答。
"威—哈—威！"神秘的合唱队回答。

于是他们把他们的药袋，
在海华沙的头上使劲摇撼，
又在他身旁跳起医药之舞，
他猛地跳起身，狂野，瘦损，
好似刚从梦中惊醒，
从此他完全医好了疯癫症。
仿佛是雨过天青，
他无限的忧悒和痛苦
立即从他脑子里消散尽净；
仿佛河上溶解冰层，
他一切的烦恼和苦痛，
立即从他心头消失尽净。

他们对着水底的那座坟，
给齐比亚波招魂，
对着水底的那片沙土，
把海华沙的兄弟呼唤。
这一阵咒语，这一阵呼唤，

具有无比的魔术力量，

他睡在大海洋底下，

也听见这样一片声响；

他从河底站起身，静听，

听到这一片乐声和歌声，

于是，顺从着他们的召唤，

他向帐篷的门口走近，

可是，他们不许他进门。


他们从缝隙里递给他一块木炭，

从门口递给他一根炽热的火棒；

他们封他为冥府的主宰，

封他为死者的主宰，

叫他今后每逢有人死亡，

要在他们去到"帕尼马"的孤寂的旅途上，

去到来世的孤寂旅途上，

在他们露营宿夜的地方，

把营火点得通明透亮。


从他儿时居住的村庄，

从他的亲友的住宅近旁，

齐比亚波静悄悄穿过森林，

象一团轻轻飘散的烟霭，

渐渐地消失了踪影！

他经过的地方，树枝没有动静，
他踩过的地方，小草不曾弯身，
隔年的落叶踩在他脚下，
没有发出一点声音。

他赶了整整四天的路程，
踏着死人的道路行进；
他饱餐死人的草莓果腹，
渡过了那条忧悒之河，
他乘着一根摇晃不定的木头渡过，
终于来到那个银湖，
在这里，乘着石头的独木舟，
来到幸福的岛屿，
来到鬼魂和幽灵的国度。

他缓慢地赶着行程，
一路上看见多少疲乏的精灵
给沉重的载负压得气喘，
他们背着战棍，弓箭，
背着皮袍，碗盏，壶罐，
还有朋友们送给他们
在孤寂的旅途上吃的食品。

他们说："为什么活人

要把这些重负压上我们的身，
我们宁可赤身露体行进，
宁可饿着肚皮行进，
也不愿背着这么沉重的负荷，
赶着这漫长疲乏的旅程！"

于是海华沙走出家门，
逛到西，逛到东，
教他的人民使用药草，
教他们中了毒用什么药解除，
怎样把一切的病痛医疗，
就这样，稼穑的一切秘密，
益寿延年的神圣艺术，
人们第一次明白通晓。

# XVI　泼—普—基威

你将听到那泼—普—基威，

那美貌的"杨那狄茜"，

人们都管他叫大笨蛋，

他怎样扰乱得村里人烦恼不安。

你将听到他一切的恶作剧，

他怎样从海华沙面前逃走，

他怎样神出鬼没，隐身变形，

他冒险的结果是怎样情形。

在那"吉却·甘米"的岸上，

在"那歌·武纠"①的砂丘上，

在闪亮的大海洋之旁，

屹立着泼—普—基威的住房。

就是他，在海华沙结婚的喜宴上，

当着如许的宾客满堂，

---

① "那歌·武纠"（Nagow Wudjoo）即苏必利尔湖。

他欣喜若狂，跳起乞丐之舞，
使得嘉宾愉悦欢畅，
他跳得起了劲，发了狂，
刮起这飞扬的砂石，让它
积聚在"那歌·武纠"的砂丘上。

为了要去寻找新奇的行径，
泼—普—基威走出了家门，
他飞快地来到村庄里，
看到所有的年青人都聚集
在伊阿歌老头的家里，
听他讲稀奇古怪的故事，
听他讲奥妙无穷的经历。

他给他们讲的这个故事，
说的是夏天的创造者奥基，
他怎样在天上打了一个洞，
怎样爬上高高的天空，
放出了夏季的气候，
永恒的、朗丽的夏季的气候。
水獭第一个试着捶天，
海獭，山猫和野獾，
怎样把这个伟大的功业轮流试验，
它们站在高耸的山巅，

对准天空挥着老拳，

又用前额对天空冲击，

天空裂了缝，可没法把它撞碎；

那个野獾立即站起身，

准备挺身相迎，

它象松鼠一般弯下了双膝，

象蟋蟀一般蜷缩着双臂。


伊阿歌老头说："他纵身一跳，

你瞧，他纵身一跳，

天空就拱起了腰，

好象河水骤涨，冰层浮高，

他跳了第二跳，你瞧，

天空碎裂了，好象河水涨潮，

河上的冰层给激流冲高！

他跳了第三跳，你瞧！

那裂缝的天空粉碎了，

他在天空中失踪了，

于是奥基，那个食鱼的鼬，

跟在他后面跳进去了！"


泼—普—基威走进了门，

放声大叫："你听，

我早已听腻了这些谈论，

讨厌伊阿歌老头的这些故事，

讨厌海华沙的睿智聪明。

我这里有件玩意叫你们开心，

包管比这个唠叨的闲谈动人。"


说着，他就一本正经地

从他那个狼皮的袋子里

掏出了全副的木碗和骰子，

一共十三件，这就是"普迦山"[①] 游戏。

这些骰子一面漆成白色，

另一面漆成朱红，

其中有两条大蛇，"凯那比克"，

两个楔形人，"因纳武格"，

一根大战棍，"普甲莫根"，

还有条小小的鱼，"基各"，

四个圆形物，"奥若瓦比克"，

三只小鸭，"歇歇武格"，

全都用骨头做成，还上了油漆，

例外的只有"奥若瓦比克"，

"奥若瓦比克"用铜做成，

---

① 这种游戏，是北部印第安人主要的掷骰戏之一。斯柯克拉夫特先生在其所著《奥枭他》（*Oneota*）一书中第八十五页有详细说明。可参阅其所著《印第安族之历史》《环境及远景》第二部第七十二页。——原注

一面擦得雪亮，另一面漆黑。

他把十三颗骰子放入木碗，
把它们摇晃，簸动，
朝他面前的地上一扔，
大声地作了这样的说明：
"骰子都是红的一边朝上，
有一条大蛇栖息在
一块铜盘的光亮的一面上，
栖息在亮闪闪的'奥若瓦比克'上，
一共是一百三十八分！"

接着他又摇了摇这些小骰子，
把它们摇晃，簸动，
往他面前的地上一扔，
又一次作了大声的说明：
"两条大蛇都是白的一边朝上，
'因纳武格'也是白的一边朝上，
别的骰子都是红色，
总计是五十八分。"

他就这样教人掷骰子的游戏，
他一边表演，一边解释，
解释它种种胜败的机会，

种种的变化，种种的意义。
二十只好奇的眼珠盯着他，
充满了热切的神情盯着他。

伊阿歌老头说："有许多游戏，
许多巧妙的掷骰子的游戏，
我曾在各个民族中亲眼看见，
我曾在各个国家里亲身经历。
跟伊阿歌老头儿玩这游戏的人，
必须十个手指个个灵敏；
泼—普—基威，别以为你有多大本领，
即使这掷骰子的游戏，
我包管叫你一败涂地，
还要好好地给你一顿教训！"

于是大家坐下来聚赌，
老年和青年一大伙，
拿出衣服，武器，珠圈来做赌注，
他们一直赌到午夜，赌到清晨，
一直赌到"杨那狄茜"——
那狡猾的泼—普—基威，
赢来了他们所有的财宝，
他们最讲究的衣裳，
鹿皮的裓，貂皮的袍，

珠宝和头顶上的羽毛，

还有武器，烟斗，荷包。

二十只眼睛狂热地盯着他望，

好象豺狼的眼睛一样。


赌赢了的泼—普—基威说：

"我待在家里寂寞孤单，

我非常需要一个旅伴，

陪我游历，四处飘荡，

我很愿意有一个'麦欣诺瓦'，

有一个随从，替我拿烟管。

我愿意拚了这赢来的一切东西，

所有堆在我身边的衣饰，

所有的珠宝，所有的羽毛，

来一个孤注一掷，

换取那边一位小子！"

那是个才十六岁的青年，

他是伊阿歌的侄儿，

人们都管他叫"朦胧的脸庞"。


在烟斗的灰烬下面

总是燃烧着暗红的火，

在这小伙子蓬松的眉毛下面，

那双明亮的眼睛活象伊阿歌。

"行！"他凶狠狠地回答；
"行！"大家同声酬和。

于是老人抓起那个木碗，
用他的瘦骨嶙峋的手指，
把那个致命的木碗紧紧抓牢，
忿怒地、使劲地直摇，
使那些骰子玎玲作响，
把它们扔在面前的地上。

两条大蛇红的一面朝天，
楔形人，也是红的一面朝天，
小鸭子也是红的一面朝天，
四个铜盘黑的一面朝天，
只有那条小鱼朝天的是白的一边，
只有五分可以计算！

于是泼—普—基威笑容满面，
摇摇木碗，把骰子掷在地面，
他轻轻地向天空掷抛，
骰子散落在他的周遭；
铜盘儿有亮面有黑面，
别的骰子有红面有白面，
在这些骰子里边，

有一个楔形人蠢然挺立，

简直象那机灵的泼—普—基威

在游戏的人们当中屹立，

一面说："我的分数是五十！"


二十只眼睛凶狠狠地瞪着他，

好象狼眼一般瞪着他，

他转过身，离开了这屋子，

"麦欣诺瓦"在他后面追随，

伊阿歌的侄子在他后面跟随，

他后面跟着这个魁伟优雅的青年，

胳膊下面夹着他赢来的物件：

鹿皮的裯，貂皮的袍，

珠宝带，烟斗，还有武器不少。


泼—普—基威用他的羽毛扇

指着说："背着这些东西，

送到那远远的东边，

'那歌·武纠'砂丘上，我的屋子里！"


由于赌博，由于抽烟，

泼—普—基威的眼睛发热，发炎；

夏季的清晨多么爽朗，

他步入这早晨空气的清香。

鸟儿们在愉快地歌唱，

溪流在飞速地奔荡，

泼—普—基威的一颗心

也象鸟儿般愉快地歌唱，

象溪流那么得意地跳荡。

披着满身曦微的晨光，

他漫步穿过村庄，

带着吐绶鸡羽毛的扇子，

带着羽毛和天鹅绒，

终于来到那最远的一座屋子，

来到海华沙的家中。


这座屋子里荒凉寂静，

门口不见一个人影，

没有一个人来把他欢迎；

可是鸟儿依旧在周遭歌唱，

里里外外，环绕着门廊，

在跳跃，歌唱，啄食，拍着翅膀；

在那高高的屋脊梁上，

"卡甲儿"，那乌鸦之王，

正带着火红的眼睛在那里，

对泼—普—基威噪嚷，拍着翅膀。


泼—普—基威说道：

"什么都没有了，屋子里空空！"
于是他决定对他们来一次捉弄。
"去了，小心的海华沙，
去了，天真的明妮哈哈，
去了，瑙柯密老妈妈，
剩下这座屋子无人看管！"

他抓住这乌鸦的颈项，
摇一个手鼓似的把它团团旋转，
摇动药袋似的把它拚命摇撼，
就这样扼死了这乌鸦之王，
把它的尸体高高挂起，
把它挂在小屋的脊梁上，
当作给屋主人的侮蔑，
对海华沙的无礼。

他轻手蹑脚地走进屋门，
把室内的杂物四处掷扔，
扔得遍地乱纷纷，
他把那许多木碗和陶壶，
水牛皮和海狸皮的衣服，
还有水獭、山猫和貂鼠皮，
乱七八糟地堆在一起，
表示给瑙柯密一次侮蔑，

对明妮哈哈来一次唐突无礼。

泼—普—基威这才离身，
吹着口哨，唱着歌，穿过森林，
他对松鼠们愉快地吹着口哨，
松鼠从高高的、空凹的柯枝上
把橡实壳往他头上掷抛，
他又对着林中的小鸟愉快地唱歌，
小鸟透过苍郁的叶簇
以愉快的歌声与他唱和。

接着，他爬上那座俯瞰着
"吉却·甘米"的岩石嶙峋的山岬，
高高地栖息在山岬之巅，
带着满怀的快乐和恶意，
等待着海华沙回到家里。

他伸直了身子仰天而躺，
海洋在他的身下激荡，
那梦幻的海洋，在拍打，激荡；
天空在他的头上摇晃，
梦幻般的、令人眼花缭乱的天空在摇晃；
他的周遭，有海华沙的山鸡
在振翅飞翔，掀起沙沙的声响，

成群地在他身旁旋转，

它们的翅膀几乎擦着了他身上。

他躺在那儿，把它们打死，

成群地屠杀它们，一十，二十，

把它们的尸体扔下山岬，

扔往他身下的沙滩；

最后，有只海鸥，"卡耀西克"，

在一块高高的巉岩上栖息，

它嚷道："那是泼—普—基威！

他成百成千地杀戮我们的同类，

赶快去到我们的兄弟那里，

去到海华沙那里，给他捎个讯息！"

# XVII　追捕泼—普—基威

海华沙回到了村里，

看见人们慌做一团，

听到狡猾的泼—普—基威

怎样地作恶多端，

玩尽了为非作歹的手段，

他的心头充溢着愤懑。

他气得鼻子孔里直冒烟，

咬牙切齿地吐出愤怒和厌恶的语言，

那样的激动，那样的咕哝，

仿佛是一只大黄蜂。

他说："我要杀死这个泼—普—基威，

杀死这个为非作歹的魔鬼，

不管这世界是多么广阔无边，

不管道路是多么的崎岖艰险，

他逃不掉我这满怀的愤怒，

我的仇恨一定要向他报复！"

于是，海华沙带着一批猎人，

他们立即赶快动身，

去把泼—普—基威追寻。

他们穿过他经过的森林，

朝他曾驻足的山岬行进，

可没有发觉泼—普—基威的踪影，

只是在那被践踏的草丛里，

在那越橘丛里，

发觉了他躺过的卧椅，

发觉了他的身体印下的痕迹。


从他们下面的洼地里，

从"马斯柯地"——草原里，

泼—普—基威转过身来，

做了一个轻蔑的姿势，

做了一个嘲笑的姿势，

海华沙在那高山之巅，

大声地发出呼喊：

"不管世界是怎样广阔无边，

不管道路是多么的崎岖艰险，

你逃避不掉我满怀的愤怒，

我的仇恨一定要向你报复！"

经过岩石，经过河流，

穿过灌木丛，羊齿和森林，

狡猾的泼—普—基威在飞奔；

他跳跳蹦蹦象一只羚羊，

最后在一座树林中央，

来到一条小溪之畔，

一条平静沉寂的小溪之畔；

溪水溢出了小溪之滨，

他向水獭筑的一条堤坝跃近，

跃向一个水流静静的池塘，

齐膝高的树林生长在池畔，

水仙花儿漂浮在水上，

芦苇轻声软语，迎风摆荡！


泼—普—基威站在堤坝上，

站在那树干和树枝筑成的堤坝上，

流水从堤坝的缝隙中射进，

小溪流过堤坝之顶，

有一只海狸从水底浮起，

张着一双奇异的大眼睛，

一双仿佛要发问的眼睛，

望着泼—普—基威这个陌生人。


泼—普—基威站在堤坝上，

流水流过他的脚踝，
银光闪闪的水流过他的脚踝，
微笑堆在他的脸上，
他对那个海狸这样地讲：

"噢，海狸，我的朋友，
清凉愉快的是那水流，
请你让我潜入水底，
让我在你的巢穴里栖息，
请把我也变成一只海狸！"

海狸回答得非常小心，
它回答得很有分寸：
"让我先去和别人商量一下，
让我先向别的海狸问一问。"
说着，它就沉入水底，
象一块石头笨重地沉入水底，
沉入那铺在水底的
棕色的落叶枯枝。

泼—普—基威站在堤坝上，
小溪流过他的脚踝，
从他身下的罅缝间喷射而过，
冲击着他身下的石头，

铺展在他面前，平静无波，
阳光交织着阴影，
洒落在他身上，斑驳幽明，
透过那飒飒晃动的树枝，
洒落下一小摊一小摊的光影。

海狸从海底纷纷浮起，
一个头颅从水面静静地浮起，
接着另一个头颅探出水，
于是，整个的池塘栖满了海狸，
布满了它们黝黑发亮的脸。

泼—普—基威对海狸们
说尽好话，再三求情：
"噢，朋友们，你们的住所真舒适，
而且毫无危险，安全太平；
难道你们不能用你们全部的机智，
用你们全部的计谋和聪明，
把我也变作海狸的子孙？"

那海狸之王"阿米克"，
这样回答他说："行！
就请你跟我们一块儿来，
溜进这安静溪流的底层。"

泼—普—基威悄悄地
和他们一起，沉到水里，
他的鹿皮的衣服变黑了，
他的鹿皮鞋和绑腿变黑了，
后面拖着一条黑色的大尾巴，
里面藏着他的狐尾和缨继，
他就此变成了一头海狸。

泼—普—基威说："把我变大些，
把我变大些，再变大些，
让我大过别的海狸。"
海狸的首领回答说："可以，
等你走进我们下面的屋子，
我们就会在我们的窝里，
使你的身体十倍于别的海狸。"

这样，泼—普—基威悄悄地
沉入那清澈的、棕色的水里，
他发觉水底铺满了树干和树枝，
储藏着多少过冬的粮食，
堆山塞海，积粮防饥，
又发现这住宅有一扇拱门，
通往许多宽敞的内室。

它们在这里不断扩张他的身体，
使他变成一只最大的海狸，
比别的海狸要大上十倍，
它们说："你应当做我们的主宰，
一切的海狸都由你统率。"

可是泼—普—基威在海狸群中
还没有呈现多久的威风，
就忽然传来一声警告，
这声音来自一个岗哨，
他在百合花和水仙菖蒲的
棵丛中喊道："海华沙来了！
海华沙带着他的猎手们来了！"

于是他们听到上空传来一阵呼号，
一阵杂沓的脚步声，一阵喊叫，
听到堤坝崩裂，水波激跃，
四面八方的流水
卷成漩涡，急骤退潮，
于是他们知道堤坝已经坍倒。

猎人们在小屋顶上跳跃，
小屋就这样坍倒，

阳光从缝隙中泻进，

海狸们跳出了家门，

它们在深水中隐藏，

在这小小的河床里隐藏，

可是泼—普—基威身材魁伟，

钻门洞不能如愿以遂；

他肚皮里充塞着食物和骄傲，

他膨胀的身子象一个气泡。


海华沙透过屋顶张望，

呼喊的声音是那么响亮：

"啊，泼—普—基威，

你的奸诈狡猾都是枉然，

尽管你千变万化地乔装，

料你逃不出我的手掌！"


他们用棍棒打得他遍体鳞伤，

打得可怜的泼—普—基威把命丧，

把他当作玉米似的捶了又捶，

直捶得他脑壳粉碎。


六个魁伟轻捷的猎人，

用木杆和树枝把他往家里搬运，

搬运着这头海狸的尸身；

但是附在他尸身上的那个鬼魂，
依然具有泼—普—基威的思想感情，
依然以泼—普—基威的身份继续生存。

这鬼魂飞飞扑扑，挣挣扎扎，
到东到西，飘飘荡荡，
仿佛在朔风呼号的季节里，
帐篷上一块块的帷幕
在和鹿皮的带子搏斗；
最后鬼魂聚敛成形，
从尸体身上飘然飞升，
终于具有了狡诈的泼—普—基威的
容貌和身影，渺然消失在树林。

但是，他还没有消隐，
小心的海华沙就看见他的身影，
看见泼—普—基威的身影，
滑入松树林的青苍的阴影，
滑入那边一块块明亮的地方，
朝着森林间的旷场钻进，
他象一阵风似的喘息，奔跑，
风过处树枝都弯下了腰，
他后面响起了雨点一般的脚步声，
原来是海华沙追上来了。

泼—普—基威跑得吁吁气喘，

来到一个岛屿密布的河畔，

湖上有密密的水莲掩映，

黑雁正在水莲丛中游泳，

它们穿过漂浮的灯芯草，

在芦苇丛生的岛屿间游泳，

一会儿举起宽大的黑喙，

一会儿深深地潜入水底，

一会儿给暗影遮黑了，

一会儿在阳光中显得多么明媚。

"黑雁！"这喊声来自泼—普—基威，

他说："黑雁！我的兄弟，

请将我变成一只长了羽毛的黑雁，

脖子和羽毛都闪闪发亮，

请你把我变大，再变大，

大得十倍于别的同伴。"

它们立即把他变成一只黑雁，

长上两只黑苍苍的大翅膀，

长上一个光滑饱满的胸脯，

还有一个喙仿佛两把大桨，

它比别的黑雁大上十倍，

十倍于最大的一位。

于是森林中传来一声呼唤，

原来是海华沙屹立在岸上。


雁阵惊起，一片叫嚷，

飕飕地拍着翅膀，

从芦苇丛生的岛屿间飞起，

从百合花和水仙菖蒲中飞起，

它们对泼—普—基威说：

"在你飞行的途中，切莫朝地面张望，

千万要留神，不要朝地面张望，

免得发生意外的不幸，

巨大的灾难在你身上降临！"


它们迅速地飞往辽远的北方，

迅速地穿过迷雾和阳光，

在荒野和沼泽地上觅食将养，

把芦苇和灯芯草丛当做露宿的篷帐。


第二天，它们正在飞行，

忽然，从一座村庄的房舍中，

从下面和它们相隔数英里的人群中，

掀起了一片嘈杂的人声，

掀起了一片哗然的喧嚣，

它们的后面吹着凉爽劲健的南风，

人声随着阵阵的南风轻飘，

阵阵的南风把这片人声吹到。


原来是这个村庄里的人们，

看见成群的黑雁，大吃一惊，

看见泼—普—基威远远地

在天空中振拍着翅膀，

翅膀比门帘还要宽敞。


泼—普—基威听到这片叫嚷，

知道是海华沙的声响，

知道是伊阿歌的叫唤，

它忘了同伴们的警告，

缩起了脖子，朝着地面张望，

于是，它身后的那一阵风，

卷住了它的巨大的羽毛扇，

使得它团团打转，落到地上！


泼—普—基威竭力挣扎，

可是身子再也不能保持平衡！

它不断地打转，落向地面，

它相继看见那座村庄，

看见黑雁群在他头上飞翔，

看见那村庄愈来愈近，

黑雁群愈去愈远；

他听到人声愈来愈响，

听到人们的欢笑和叫嚷；

头上的雁群再也不见踪影，

只见身下大地冥冥，

于是他从空旷的天空落下，死亡，

在呼喊的人群中死亡，

只听到一声笨重而悲惨的声响，

黑雁落到地上，跌断翅膀。

但是它的灵魂，它的幽灵，它的鬼影，

仍然以泼—普—基威的身份生存，

重新变成英俊的"杨那狄茜"，

宛若生前的容貌风姿，

重新继续向前奔冲，

海华沙飞快地在后面追踪，

大声喝道："尽管世界广阔无边，

尽管道路是多么漫长艰险，

你逃不掉我满怀的愤怒，

我的仇恨一定要向你报复！"

他走近了，赶到他的身边，

正要伸出手去抓住他，

伸出右手去抓住他，抓牢他，
那狡猾的泼—普—基威
兜了个弯，一圈一圈地旋转，
把空气扇成一团旋风，
灰尘和树叶在周遭飞旋，
就在那风沙和漩涡中，
他跃进一棵中空的橡树，
又让自己变成一条大蛇，
从树根和垃圾堆中溜走。

海华沙举起了右手，
使劲殴打中空的橡树，
橡树给打成稀烂的碎片，
粉身碎骨，躺在地面，
可是他的气力费得枉然，
因为泼—普—基威恢复了人形，
活灵活现地在前面逃奔，
驾着一阵阵疾驰的旋风，
在那"吉却·甘米"的岸上，
朝着西面，沿着大海洋之滨，
来到岩石嶙峋的海岬，
来到那美丽如画的沙岩石，
俯临着美丽的风景和湖面。

山中的那个老人，

他就是山中的尊神，

敞开着他岩石的大门，

敞开着他幽邃的深渊，

让泼—普—基威藏身

在他的洞中，黑暗阴冷，

欢迎泼—普—基威

来到他幽暗的沙石住宅中做上宾。


海华沙就站在门外，

发现门儿紧闭不开，

于是他戴起魔术手套，

把那庞大的砂洞猛敲，

还发出雷霆一般的呼号：

"我是海华沙，快快开门！"

但是山中老人并不开门，

也没有从他静悄悄的断崖里，

从他那阴森森的岩石的深渊里，

对海华沙回答一声。


于是他的双手朝天高举，

向暴风雨苦苦呼吁，

向那闪电苦苦呼吁，

向那雷霆苦苦呼吁；

风雨雷电随着夜色来到，

从那遥远的雷山出发，

横扫过大海洋，

遍身颤抖的泼—普—基威

听到雷霆的脚步，

看到闪电的火红的眼睛，

吓得打战，匍匐。


那闪电，"卫瓦西摩"，猛击着洞门，

用它的战棒猛击洞门，

要击碎那兀突的山岩。

雷霆向洞中大喝一声：

"泼—普—基威在哪里？"

于是山岩轰隆一声倒塌了，

在山岩的下面，岩石的碎片中，

躺着狡猾的泼—普—基威的尸体，

躺着那英俊的"杨那狄茜"，

死后依然是人的面貌肢体。


他的狂野的行径结束了，

他的诡计和嬉戏结束了，

他的机智狡诈结束了，

他一切的恶作剧结束了，

他一切的赌博和舞蹈结束了，

他再也不能向少女们求婚了。

于是高贵的海华沙

取了他的灵魂，他的幽灵，他的鬼影；

对他说："噢，泼—普—基威！

你再也不能显出人形，

去寻觅新奇的行径，

再也不能那么嘻嘻哈哈地跳舞，

扬起满天的落叶和灰尘，

如今你只有在那高高的天空里

翱翔，一圈一圈地飞行。

我要把你变成一只鹰，

变成'凯诺'，那伟大的战鹰，

掌管一切长着羽毛的飞禽，

担任海华沙的小鸡们的首领。"

泼—普—基威的名字

如今仍然在民间流行，

在歌手们中间流行，

在说故事的人们中间流行；

冬天里，当雪花卷成漩涡，

飘舞在村舍的周遭，

当凶猛狂暴的疾风

在烟囱顶上呼啸，

人们都齐声喊道：

"那是泼—普—基威来了，

他在整个村庄里跳舞，

他正在那里忙他的收获！"

# XVIII 夸辛之死

夸辛的姓名和声誉，

传遍了远近的各个部落，

没有一个人敢和夸辛角斗，

没有一个人敢和夸辛比武。

但是恶作剧的"普克—乌吉"，

那一群好妒的矮小民族，

那一群妖精，那一群侏儒，

都在处心积虑，要对他施行阴谋。

他们说："如果这可恨的夸辛，

如果这个强暴的巨人，

继续这样胡作非为，

碰到什么都给撕成粉碎，

把什么都给扯成稀烂，

使整个的世界充满惊奇的现象，

我们'普克—乌吉'将变成什么样？

有谁会对'普克—乌吉'关怜？

他将要践踏蘑菇一样践踏我们，
把我们大伙儿赶下水，
让那'尼—巴—诺—贝'，
那水里的恶作剧的精灵，
来吞噬我们的尸身！"

于是这一群忿怒的侏儒，
都在计谋着对付这个强人，
都在计谋着杀掉夸辛，
是的，要了结夸辛的生命，
要干掉这个大胆的、不可一世的、
狠心的、傲慢的、危险的夸辛！

夸辛的一股奇异的力量
都隐藏在他的天灵盖上，
这天灵盖也是他怯弱的地方，
他全身只有这个地方会被击伤，
其他的任何部位都不会为刀剑刺穿，
其他的任何部位都不会为刀剑砍伤。

即使这一个地方会被击伤，
使他致命的武器也是有独无双，
这武器就是松树上的松球，
杉树上的蓝球，不是别样。

这是夸辛生死攸关的秘密，

普通人没有一个知悉。

但是那一群狡猾的侏儒，

那"普克—乌吉"，知道这个秘密，

知道这使他致命的唯一的秘诀。


于是他们在塔瓜门瑙附近的森林里，

采集了许许多多的球，

采集了松树上的松球，

采集了杉树上的蓝球，

把这些球带到河旁，

大堆大堆地堆在河边上；

红色的岩石从河边向外突伸，

高高地悬挂在河滨，

这一群居心不良的矮人，

就在这里等着夸辛来临。


那是一个夏季的下午，

空气闷热，没有一丝儿风，

平静的河流没有波纹，

沉睡着的影子纹丝不动，

成群的昆虫在阳光中闪亮，

成群的昆虫在水上滑翔，

让困倦的空气里充满了营营声，

充满了声震远方的嘈嚷。

那个强悍的人来到河上，
夸辛坐着白桦的独木舟来到河上，
沿着沉滞的塔瓜门瑙河流，
悠悠缓缓地漂荡，
闷热的天气叫他十分疲困，
沉寂的气氛使他睡意昏昏。

从那悬挂着的树枝间，
从那白桦树的须缨中，
睡眠的精灵悄声地降临；
他有腾云驾雾的兵将前呼后拥，
还带着多少无形的侍从。
他这睡眠的精灵，尼巴温，
好象亮闪闪的"嗒西—考—纳西"，
好象一只蜻蜓，翱翔在
睡昏昏的夸辛的头顶。

他的耳边传来一阵喃喃的声音，
仿佛波涛拍岸的声音，
仿佛远方的流水滚滚，
仿佛风儿在松树丛中啸鸣；
他感到那睡眠的精灵尼巴温

发动了多少催眠的大军，

在他的额上挥打着轻灵的小战棍，

好象有人把热气朝他直喷。


他们第一次挥打战棍，

一阵睡意就在夸辛的身上降临，

他们第二次在他身上挥动战棍，

他的桨立即静止不动，

他们第三次挥动战棍，他的眼前便

天旋地转，一片黑晕，

夸辛熟睡得昏昏沉沉。


他就这样漂荡在河上，

坐得笔挺，象个盲人模样，

漂荡在塔瓜门瑙河上，

在那颤索的白桦树下面，

在那林木苍郁的海岬下面，

在侏儒族的战营下面。


他们带足了武器，站在那里等待，

把松球朝他身上直摔，

打在他筋肉强壮的肩膀上，

打在他毫无戒备的天灵盖上，

突然掀起一片厮杀声：

"我们要致夸辛于死命！"

他歪歪斜斜，晃晃摇摇，
船身倾侧，他在河里跌倒，
他宛如一只水獭倒栽葱，
身子栽进那泥污的水中；
白桦树的独木舟上寂无一人，
空空地在河上飘零，
船底朝天，漫无目标地飘零，
从此再也看不见夸辛的踪影。

但是这个身强力大的人，
却始终地活在人们的记忆里，
每当冬天里的暴风雨，
穿过树林咆哮狂鸣，
那摆荡不定、骚动不停的树枝
在折裂，发出一声声的呻吟，
于是人们喊道："夸辛，那是夸辛！
他在采集过冬的柴薪！"

# XIX  鬼魂

一只苍鹰在天空里翱翔，

正在为了荒野里的一头猎物，

一头带病的或是受伤的野牛而下降，

这时总少不了有另一只苍鹰，

停在云霄高处张望，

看见这俯冲的光景，便跟踪下降；

接着从那渺不可见的高空，

又有第三只苍鹰把第二只追寻，

先是一个黑点，接着苍鹰显形，

终于它的翅膀把天空遮得黑沉沉。


祸不单行，正是这般的光景，

无穷的祸患似乎都在等待，张望，

把彼此的行动细细打量，

只消看到第一只下降，

别的便成群结队，跟踪而来，

围绕住那病痛创伤的牺牲者，

先是一团阴影，接着是一片愁云，
天空给苦痛笼罩得昏暗阴沉。

现在，整个北方的枯瘠的土地上，
那强大的北波恩，冬之神灵，
正在湖泊江河上吐着气，
把满江满湖的水变成石地。
他从头发上抖落下雪花，
多少的原野都给撒得白茫茫，
形成了一片连绵无际的平壤，
好象创世主亲自弯下了身，
伸手把土地抹得没有一丝儿皱纹。

穿过那遍地哀声的、空旷的森林，
猎人蹬着雪鞋在到处逡巡；
乡村里，妇女们在作工，
有的在杵玉蜀黍，有的在硝制鹿皮，
年青的人们聚集在冰壳上
做着热闹的球戏，
在平原上跳着雪鞋舞游戏。

一个阴暗的黄昏，太阳早已西沉，
明妮哈哈和瑙柯密老婆婆，
她们正守候在家里，

等着海华沙打猎归来的脚步声。

她们的脸上闪耀着火光，
火光在她们脸上画出紫红色条纹；
火光在瑙柯密老婆婆眼睛里闪亮，
仿佛是水汪汪的月光；
火光在明妮哈哈的眼睛里闪亮，
仿佛是映在水里的太阳；
在她们身后的屋角里，
蹲伏着她们自己的身影。
在她们头上，缭绕的炊烟
涌出烟囱，不断地上升。

一会儿，门帘慢慢地
从外面给人揭开，
转眼间火光变得更亮，
缭绕的炊烟给吹得斜斜歪歪；
接着，轻轻悄悄地走进两个女人，
她们走进门，并没有受人邀请；
没有一言半语的寒暄，
更没有认亲攀眷，
管自坐到屋子尽头的角落里去，
低低地蹲伏在阴影里边。

看她们的容貌和装束，

象是异地来到本村的生客，

她们的脸色又苍白又憔悴，

坐在那里又沉默又凄楚，

在幢幢的黑影里颤抖，畏缩。


是不是那烟囱上面的风，

向着小屋里咕哝？

是不是"柯柯—柯荷"，猫头鹰，

在阴暗的森林里呜咽？

寂静中确实响着一个声音：

"这是两个穿着活人衣服的尸体，

是来打扰你们的幽灵，

它们来自'帕尼马'王国，

它们来自未来之国！"


这时海华沙已经从森林

打好了猎，回到家门，

他的长发上盖满了雪花，

肩上扛着一头红鹿回家。

他在明妮哈哈的脚跟前，

把那头死鹿放下。

她觉得他当初向她求婚，

也曾在她脚跟前放下一头鹿，

当作他表明心迹的信物，

当作订定终身的凭证，

可他那一次还比不上眼前高贵、英俊。


海华沙转过身来，看见那两个生人，

畏畏缩缩地在暗影里伏蹲，

他心里起了疑问："那是什么人？"

明妮哈哈哪来这两个生疏客人？

但他并没有向客人发问，

只是满口向她们表示欢迎，

欢迎她们住宿，吃饭，取暖。

等到晚饭准备妥善，

等到鹿肉分配完竣，

那两位苍白的宾客，两位生人，

连忙从阴影中跃起身，

抓了最精美的一份，

抓了一块鹿肉最白最嫩，

那本是给明妮哈哈——

给海华沙妻子的一份，

她们不问一声，也不谢一声，

就迫不及待地虎咽狼吞。

接着便鬼鬼祟祟地

潜回屋角，躲进阴影。

海华沙一言不发，

瑙柯密不动一下，

明妮哈哈没有做任何手势，

他们的脸色没有丝毫变化。

只有明妮哈哈轻声地说：

"她们饿得没有了命，

让她们饱餐一顿，快活称心，

因为她们饿得没有了命。"


多少个日子天黑又天亮，

多少个黑夜抖落了天光，

仿佛那松树的枝丫

抖掉那午夜撒下的雪花，

一天又一天过去了，两个客人

坐在那里不动，寂然无声。

到夜里，在暴风雨中，在星光下，

她们就走进外面的森林，

带回来烧火的松球，

带回来烧火的柴薪，

永远那么凄凉，永远那么沉静。


每逢海华沙捕鱼回来，

或是从外面打猎回来，

每逢晚饭准备完竣，

食物都已分配均匀，
那个黑魆魆的角落里
便闪出两个苍白的宾客，两个生人，
她们便扑向那留给
明妮哈哈的最好的一份，
从来不曾受到非难和责询，
然后轻轻地潜回屋角的阴影。

从来不曾有过哪一回
海华沙用语言或眼色把她们责备，
从来不曾有过哪一次，
瑙柯密老妈妈做出不耐烦的姿势，
明妮哈哈也不曾有哪一回
表示过厌恶她们的无礼行为。
他们忍受着一切，默不作声，
这样，无论是嘉宾的权益，
主人的乐善好施的德性，
都不会受到奚落的眼色的贬损，
不会因一言半语而造成瑕疵裂痕。

有一次，正当午夜时分，
海华沙一直醒着，一直留神，
那将熄未熄的火把还剩下余烬，
颤巍巍的火炬明灭不定，

小屋里给照得昏暗阴沉，

他听到一阵叹息，一声接着一声，

他听到一阵呜咽，仿若烦恼的呜咽。


海华沙从他的卧榻上起了身，

从那毛茸茸的野牛皮被褥里起了身，

他拉开了鹿皮的门帘，

看见那两个苍白的宾客，两个阴影，

直挺挺地坐在她们的炕榻上，

在静悄悄的午夜里哽咽。


他说："噢，嘉宾们，

你们为什么这般伤心，

竟在午夜里哭泣呜咽？

莫不是瑙柯密老妈妈，

还是我的妻子明妮哈哈，

为人刻薄，没有尽到好客的本份，

苛待了你们，叫你们伤心？"


于是这两个影子停止了哭泣，

停止了哀恸的呜咽，

轻声细语地这样说道：

"我们原是死者的鬼影，

是曾经和你相处的人们的亡魂，

我们来自齐比亚波的国境，

特地到这儿来给你一次考验，

特地到这儿来叫你小心。

"在我们的乐土仙境，

处处听到悲伤和恸哭的声音，

那都是活人的痛苦的哭声，

在呼唤他们死去的亲人，

那徒然的悲痛叫我们伤心。

为了给你考验，我们赶这趟路程；

谁也不认识我们，谁也不注意我们。

我们对于你不过是个累赘，

我们明白，死者的亡魂

不能在人间容身。

"请你想想这件事，海华沙！

去把这件事告诉全体人民，

从今后以至于永远，

再也不要用悲恸的哭声

叫我们在乐土的亡魂听了伤心。

"不要把这么多沉重的东西，

堆进死者的坟墓，

不要堆积这么些皮毛珠宝，

不要堆积这么些碗盏锅壶，
免得亡魂给压得昏厥。
只消给他们带些食物，
只消给他们照明用的火。

"去到鬼魂的国境，
需要四天的路程，
需要四夜孤寂的露营；
必须点四次火来照明。
所以，每逢埋葬死人，
就得接连四天，一到那夜色降临，
在他坟上点火照明，
免得那赶路的鬼魂
在路上缺乏欢乐的火光，
免得他摸着黑寸步难行。

"高贵的海华沙，再见，
我们已经给了你考验；
为了要考验你的耐心，
我们来亵渎你的门庭，
做出多少非礼的行径，
我们发现了你的伟大高贵，
严峻的考验你经受得起，
在艰巨的斗争中你不气馁。"

她们说完，突然落下一阵黑暗，

让这寂静的小屋里充满了暗影，

海华沙听到一片窸窣的声音，

仿佛有人在他身边拖曳着衣裳走过，

他听到有只无形的手

将那门帘儿轻轻揭起，

感觉到一股冷飕飕的夜气，

顿时又见星光朗丽；

但是他再也看不见那两个鬼影，

再也没看见那两个

来自"帕尼马"王国，

来自未来之国的游魂。

# XX 饥荒

噢，漫长的阴沉的冬天！

噢，寒冷的残酷的冬天！

湖上和河上的冰层

越结越厚，越结越厚，越结越厚，

雪花飘落在大地上，

漫天的雪花飘飘零零，

它穿过了森林，包围了乡村，

越积越深，越积越深，越积越深。

猎人的小屋被积雪埋葬，

找不出一个出口的方向；

他蹬上雪靴，戴上手套，

穿过森林去把鸟兽寻找，

可是哪里有？枉费辛劳！

野鹿和野兔不见了踪影，

雪地里没有留下一个脚印；

在这发亮的鬼气森森的树林，

你要是绊一交，就再也爬不起身，
只有让饥寒来消灭你的生命！

啊，饥荒和热病！
啊，饥荒消蚀着人的青春！
啊，热病摧残着人的生命！
啊，孩子们在哭号，
啊，妇女们哀痛无尽！

遍地都是病痛，饥馑，
四面八方的空气饿了，
头顶上的天空饿了，
天空中那些饥饿的星星
象豺狼的眼睛，瞪着人们！

海华沙家里又来了两个客人，
正如上次的那两个鬼魂，
那么沉静，那么阴沉，
他们到了门口不吱一声，
也不等你把他们邀请，
更不用说一声欢迎，
就在明妮哈哈的座位上坐定；
他们用憔悴凹陷的眼睛，
朝明妮哈哈的脸上直瞪。

带头的一个说："瞧我！

我就是饥荒'布卡搭瘟'！"

另一个说："瞧我！

我就是热病'阿柯塞文'！"


那可爱的明妮哈哈，

看见他们的目光，遍身打颤，

听了他们的话语，遍身打颤，

她默默无声地躺在床上，

掩着脸，可没有答话，

躺在那儿颤抖，发热发冷，

为的是他们投射在她身上的目光，

为的是他们那些可怕的语言。


吓疯了的海华沙

连忙冲进空旷的森林，

他心里充满着无尽的忧愁，

呆板的脸仿佛一块石头；

他的额上冒出了苦痛的汗水，

汗水冻结了，不再下坠。


他裹着皮衣，全副打猎的装备，

他带着桦木的大弓，

又把箭装满了箭筒，

戴上魔术手套，蹬上雪靴，

大踏步奔向辽阔空旷的森林。

在这苦痛万分的时辰，

他抬起脸，发出呼号的声音：

"'吉谢·曼尼托'，伟大的神！

请赐食物给你的孩子们，噢，父亲！

赐给我们食物，否则我们就要丧命！

请赐给我食物去喂养明妮哈哈，

去喂养我那奄奄一息的明妮哈哈！"

这一片凄凉的呼喊声，

响彻了回声遥远的森林，

响彻了辽阔空旷的森林；

可是他的呼喊没人回答，

回答的只有自己的回声：

回答的只有林地里的回声：

"明妮哈哈！明妮哈哈！"

整整的一天，海华沙

徘徊在这凄惨的森林；

在那个永远忘不了的夏季，

在那个夏季的愉快的日子里，

他曾从达科他人的国境，

带着他的年青的妻子，

穿过这树林深处的幽荫，转回家门，

那时候鸟儿们在丛林深处歌唱，

溪流在欢笑，闪闪亮亮，

空气里弥漫着清香，

可爱的明妮哈哈

曾用柔静的声音这样对他讲：

"我的丈夫，我愿和你成对作双！"

在小屋里，跟瑙柯密一起，

跟那两个注视着她的生客一起，

跟饥荒和热病在一起，

她正躺着，那亲爱的人，

那明妮哈哈，一息残存。

她说："听，我听到一阵冲击声，

听到一阵怒吼声和冲击声，

听到那哗啦啦倾泻的瀑布

在远处呼唤我的声音！"

瑙柯密老妈妈说："不，我的孩子！

那是夜风在松林里驰骋！"

"你瞧！"她说，"我看见我父亲

站在他的门口，孤单凄清，
他从达科他人的国境，
从他的小屋门口向我把手招引！"
瑙柯密老妈妈说："不，我的孩子！
那是炊烟在飘动！"

"啊！"她说，"'泼甲克'的眼睛
在黑暗中向我直瞪，
我感到他的冰冷的手指
在黑暗中把我的手指紧抓！
海华沙！海华沙！"

海华沙孤寂凄清，
待在那遥远的森林，
待在山中，远隔着几英里路程，
他听到这突然的苦痛的呼声，
听到明妮哈哈的呼声，
在黑暗中把他呼喊：
"海华沙！海华沙！"

积雪掩埋了荒凉原野的小径，
树枝儿给雪压得往下沉，
海华沙急急忙忙赶回家门，
他双手空空，心头沉重，

听见瑙柯密在哭泣呜咽，

"瓦和瑙纹！瓦和瑙纹！ [①]

但愿我替你一命归阴，

但愿我象你一样弃绝红尘，

瓦和瑙纹！瓦和瑙纹！"


他冲进了自己的小屋，

看见瑙柯密老婆婆

在痛哭，身子前仰后俯，

看见他的可爱的明妮哈哈

躺在他面前，死寂，冰冷，

他胸膛里那颗爆炸的心，

发出一声痛苦的呜咽，

树林跟着打颤，悲吟，

那满天的繁星

也因他的痛苦而战栗，颤动。


他坐下，静静的，哑口无言，

他坐在明妮哈哈的床边，

坐在笑盈盈的流水的脚前，

那双勤快的脚啊，

再也不会轻捷地跑上来迎接他，

① 瓦和瑙纹（Wahonowin）系一印第安字，用以表示悲恸声。

再也不会轻捷地跟在他身边。

他用双手掩着脸，
坐在那里七夜七天，
他坐在那里仿佛发晕，
没有语言，没有动静，
辨不出黑夜，辨不出天明。

于是他们把明妮哈哈埋葬，
在雪地里替她筑了一个坟，
筑在那幽深阴沉的森林，
坟上有枞树终年哀吟；
他们给她穿上最华丽的衣裳，
给她裹上貂皮的服装，
把白雪当作貂皮覆在她身上，
他们就这样把明妮哈哈埋葬。

到晚上，就给她烧起一堆火，
她的坟墓上一共点了四次火，
为她的灵魂照亮旅途，
让她到达仙境乐土。
海华沙待在自己门口，
看见树林里燃烧着那团火，
照亮了那幽暗的枞树；

他爬下了那无眠之床，

爬下了明妮哈哈的床，

他站立在门口张望，

当心不让那火熄灭，

不让她在黑暗中徬徨。

"再见！"他说："明妮哈哈！

再见！我的爱笑的流水！

我的心已随着你的身体一同埋葬，

我的千情万意都跟你一起，

你再也不用回来操劳，

再也不用回来挨受煎熬，

这儿，饥荒和热病

正在消蚀人心，损耗人形。

不久，我的功业即将完竣，

不久，我也会步着你的后尘，

去到那极乐的仙境，

去到'帕尼马'王国，

去到未来之国的域领。"

# XXI　白人的脚迹

傍着河滨，紧傍着冻结的小河之滨，

在一座小屋里，坐着一个老人，

他孤单寂寞，无限凄凉，

他的头发白得象雪花，

他屋子里的火微弱，黯淡。

这老人在哆嗦，打颤。

他的身子蜷缩在他的"沃比雍"里面，

蜷缩在那件破烂的白皮袄里面，

他什么也听不见，只听见

暴风雨沿着森林呼啸，

他什么也看不见，只看见

大风雪发出嘶嘶声，旋转飘摇。

炭火已积上白色的灰烬，

火焰在慢慢地消隐，

这时有一个青年，步伐轻盈，

走进这扇敞开的门。

他脸上泛着青春的血液红润，

他的眼睛温柔如春天的星星，

他的额上裹着绿草青青，

青青的绿草发出香气阵阵；

一抹美丽的笑容堆在他嘴唇上，

让整个的屋子里充满了阳光，

他手里拿着一束鲜花，

让整个的屋子里充满着清香。


"啊，我的儿子！"老人喊了一声，

"看见了你，真乐坏了我的眼睛，

你且坐在我身边的席上，

坐在这将要熄灭的火旁，

让我们一块儿来过夜，

你给我说说你新奇的经历，

说说你周游各地的事情，

我也将给你述说我的本领，

述说我许多了不起的功勋。"


他从袋里掏出了他的和平烟斗，

形状奇异，年代悠久，

烟斗杆是一根芦苇插上羽毛，

那烟斗的头是块红石头，

他装满了一斗杨柳皮，

拿一块炽热的炭把它点起，

把它交给这位生客，这位上宾，
一面作了这样的说明：
"当我在我的四周吐气，
当我对着如许的景物呼吸，
一切的川流停止动静，
流水冻结得石头一般硬！"

那青年人笑盈盈地回答：
"当我在我的四周吐气，
当我对着如许的景物呼吸，
朵朵的鲜花立即开遍了草地，
河流歌唱着，奔腾不息！"

"当我摇动我雪白的长发，"
老人阴沉地皱着眉头说话，
"大地将铺满了白雪，
草木都将纷纷落叶，
落叶还将枯萎雕零，
瞧，我吐一口气，它们就不见踪影。

"从那江河和沼泽里
飞起了雁群和苍鹭，
它们飞向辽远的边境，
瞧，我一开口，它们就不见踪影。

我无论走到何处，
森林里各种各样的野兽
都躲进了山洞和石窟，
大地变得象一块燧石！"

青年温柔地一笑，说道：
"我只消把我的鬈发摇荡，
温热的甘霖便适时下降，
草木抬起头，欣欣向荣，
于是，在那湖泊和沼泽里，
飞回来了雁群和苍鹭；
剪剪的飞燕回到了家乡，
蓝鸟和知更鸟开始歌唱，
凡是我脚步走到的地方，
所有的草地上花枝招展，
所有的林地里乐声悠扬，
所有的树木都枝叶青苍！"

他们说着话，不觉夜色消遁，
从瓦本的遥远的国境，
从他的闪亮的银屋里，
太阳高高地上升，
象一个穿着战袍、涂着彩饰的战士，
它说："瞧我，我是伟大的太阳，

瞧我，我是‘吉萃斯’！”

于是老人哑口无言，

空气变得舒适，温暖，

蓝鸟和知更鸟歌声婉转，

它们在小屋上甜蜜地歌唱；

河流开始喃喃细语，

新长的小草发出甘美的气息，

轻轻地飘入小屋。

那年青的生客塞滚[①]，

看到面前的那张冰冷的面孔，

在光天化日下显得更清晰，

原来是北波恩，冬之神！

当解冻的湖里冒出细细的流水，

北波恩的眼里流出了眼泪；

当那声势浩大的太阳升上天空，

北波恩的身体缩小，收拢，

终于消失在天空中，

终于遁入地下，不见影踪。

于是这青年看见，在他的面前，

---

① 塞滚（Segwun）系一印第安字，意为春天。

在那小屋里的灶台上边，

有炉火在燃烧，冒烟，

他看见了春天的最早的花朵，

看见了"春之美人"的容颜，

看见了这"密斯柯蒂"正开放得鲜妍。


于是，在北方的境域里，

经过了空前的严寒，

经过了难熬的冬天，

春天来到，百媚千娇，

带来了繁花如锦，百鸟喧嚣，

带来了花朵，绿叶，青草。


天鹅"马那比斯"在空中过往，

驾驶着天风飞向北方，

成群地、象箭一般地飞翔，

象庞大的箭一般射穿穹苍，

它们的语言宛如人们的语言一样；

白鹅"沃—比—哇哇"的行列是那么长，

在天空中起伏波荡，向下弯垂，

宛如一根突然折断的弓弦一样；

还有的单独飞翔，或是成对成双，

鹧鹕响亮地振拍翅膀；

还有苍鹭"沙沙嘎"，

还有松鸡"麦西柯达沙"！

在丛林里，在草地上，
蓝鸟"莪葳莎"尖声歌唱；
知更鸟"莪碧溪"歌声动听，
它歌唱在家家户户的屋顶；
在那森林的深处，
鸽子"莪密美"在咕咕咕；
苦恼的海华沙呀，
他苦恼无边，哑口无言，
他听到它们一声声把他叫唤，
就走出了那阴郁的门廊，
站在那里凝视着天空，
凝视着大地和海洋。

伊阿歌逛遍了辽远的东方，
如今走出了晨光的故乡，
走出了瓦本的闪亮的国境，
正在启程回到家乡，
这一个大旅行家，撒谎大王，
他又有了多少新奇的经历，
多少的奇闻，多少的花样！

村里的人们都赶来听，

听他讲述他经历的种种奇闻，
他们笑嘻嘻地这样回答他，
"啊，多亏了伊阿歌的本领，
别人再也不会看到这些奇闻！"

他说，他曾经见过一片大水汪洋，
比大海洋还要声势浩荡，
比"吉却·甘米"还要波澜壮阔，
可是水味苦涩，无人敢尝！
战士们彼此相望，
妇女们彼此相望，
他们都笑着说："不可能那样！"
他们说："不可能那样！"

他说，在那儿的水上，
来了一艘大船，长着翅膀，
长着翅膀的船飞一般来临，
船身庞大，宽过一座松树林，
船高超过最高的树顶！
老爹爹和老大娘们面面相觑，
发出嘁嘁喳喳的声音，
他们说："不，我们不能相信！"

他说，那船为了把他欢迎，

船口吐出电光闪明，
还发出雷霆般的声音！
于是那些战士，那些妇女，
都大声讥笑可怜的伊阿歌：
"不，你在胡诌些什么！"

他还说，船上来了一批人，
那艘长着翅膀的大船，
载了一百个战士来临；
他们的脸上都涂得雪白，
须毛遮没了他们的下颏！
于是，战士们和妇女们，
发出讥笑和叫喊的声音，
宛如渡乌在树顶上噪鸣，
宛如乌鸦在栂树上的叫声。
他们说："不，你扯的什么谎！
要我们相信，那可休想！"

只有海华沙不曾发笑，
他对他们的揶揄和讥嘲，
严肃地给以回答：
"伊阿歌说的话完全不假；
我曾在一次幻觉中见过这条船，
见过这条长着翅膀的大船，

见过这群皮肤白晰的人们，

见过这群长着须髭的人们，

他们乘着这艘木船，

来自晨光的领域，

来自瓦本的闪亮的国境。


"'吉谢·曼尼托'，那全能的神，

那造物之神，伟大的神明，

派他们到这里来完成他的使命，

派他们给我们带来他的福音。

他们无论走到哪里，

他们面前就麇集着蜇人的飞虫，

麇集着蜂群——蜜的酿造者；

他们的脚步无论踏到哪里，

哪里就长出我们未见过的鲜花，

白人的脚印绽出的鲜花。


"让我们来欢迎这些陌生人，

欢呼他们为我们的兄弟和友人，

等到他们来访问我们，

便赠给他们真挚的友情。

'吉谢·曼尼托'，全能的神，

曾在我的幻觉中这样叮咛。

"在我的幻觉中，我也曾看见

属于未来的一切秘密，

往后遥远的日子里的秘密，

我看见西面的那些沼地里，

住满了许多陌生的民族，

整个大地上都住满了人，

勤勉不息，劳苦辛勤，

他们说着多种多样的语言，

胸膛里都跳动着同一的心；

林地里，响着他们的斧声叮当，

山谷里，他们的城市在冒烟，

在所有的湖上和江上，

他们轰隆隆的大船奔驰繁忙。

"接着，一个更阴沉、更凄凉的幻影

闪过我的眼前，朦胧如云；

我看见我们各民族土解瓦崩，

全然忘怀了我平日的劝诫谆谆，

同室操戈使他们元气耗尽；

我看见我们残余的人民，

向西方纷奔，遍地哀声，

象暴风雨中的一片断云，

象秋天的树叶一样雕零！"

# XXII　海华沙的离去

在"吉却·甘米"的岸边，

在闪闪的大海洋的水滨，

在愉快的夏日清晨，

在那座小屋门口，

海华沙站着静等。

空气是那么地洁净，

大地是那么明媚、欢欣，

在他的面前，穿过阳光，

成群的金色的虫飞向

西边邻近的森林，

那是成群的蜂，蜜的酿造者，

它们那么高兴，在阳光中歌吟。

他的头上闪亮着明朗的天，

湖水平坦坦地伸展在他面前，

湖的胸脯上跃出一条大鲟，

它在阳光中闪闪烁烁，亮亮晶晶；

在那水滨，大森林
在水里映出了倒影，
每一个树顶都映出一个倒影，
投射在水底，悄悄静静。

海华沙满面的忧愁
完全消失，不剩一丝半缕，
仿佛浓雾从水面消散，
仿佛草地上的潮气给太阳晒干。
他站在那里静静地等待，
带着愉快和得意的笑容，
带着满脸欢欣的表情，
仿佛一个人身历幻境，
看见了那未来世界的光景。

他举起双手对着太阳，
对着太阳摊开了手掌；
阳光穿过他分开的手指，
洒落在他的脸上，
他赤裸的肩膀上也映着斑驳的阳光，
宛如那阳光透过林叶的缝隙，
把一棵橡树点缀得斑驳琳琅。

在水上，在那烟霭朦胧的远方，

有什么东西在漂流，飞翔，

晨雾中隐约有什么东西飘零，

从水上出现，升腾，

一会儿象是漂流，一会儿象是飞行，

渐渐地行近，行近，行近。


那莫不是潜水鸟"辛基比"？

那莫不是鹈鹕"夏达"？

还是苍鹭"沙沙嘎"？

还是白鹅"沃—比—哇哇"，

它闪亮的脖子和羽毛上

滴落下点点水珠，闪闪亮亮？


那不是鹅，也不是潜水鸟，

也不是鹈鹕，也不是苍鹭

穿过那闪亮的晨雾

在水上漂荡，飞行，

而是一艘白桦树的独木舟

划着桨，在水上起伏升沉，

阳光中闪亮着湿漉漉的船身，

船内坐着一群人，他们

来自瓦本的遥远的国境，

来自晨光的僻远的域领，

船内有个先知，一个穿黑袍的首领，

他是个皮肤白晰的传教牧师，
同行的有他的伴侣和向导人。

高贵的海华沙呀，
他把双手高伸，
高伸着双手表示欢迎，
他等待着，满怀高兴，
终于，那带桨的独木舟，
在闪亮的鹅卵石上轻轻擦过，
停泊在多沙的水滨。
那皮肤白皙、穿着黑袍的首领，
他的胸前挂着十字架，
终于踏上了多沙的水滨。

海华沙是多么的欢欣，
他这样大声地宣称：
"啊，贵宾，你们远道来临，
太阳也显得分外光明！
我们和平的城都在等待你们，
家家户户都为你们敞开着大门；
每一座住宅任凭你们光临，
我们给予你们真挚的友情。

"大地从不曾这样繁花如锦，

阳光从不曾这样光明，

今天这般日暖花香，

都为了欢迎远客光临！

我们的湖从不曾有过这般的平静，

没有了礁石和沙洲的阻梗；

多亏你们白桦树的独木舟，

在航行途中把礁石和沙洲扫清！

"我们的烟草从不曾有过

这般的甘美，这般的芬芳，

我们玉蜀黍田里宽阔的绿叶，

从不曾象今天早晨这样，

为了欢迎远客来临，

它们出落得那么漂亮！"

黑袍牧师立即致以答辞，

他说话微微有些口吃，

用了一串陌生的措辞：

"海华沙，愿和平降临于你，

愿和平降临于你和你的人民，

祷告和平便获得和平的宽恕，

基督的和平，马利亚的欣慰！"

于是慷慨的海华沙，

引着宾客来到他的家，
让他们在野牛皮上坐定，
让他们在貂皮上坐定；
细心的瑙柯密老婆婆
用级木碗给他们盛来了食物，
又用桦木的勺盛来了水，
还拿来了和平烟斗，
装烟点火，让他们抽。

村庄里所有的老人，
全民族所有的战士，
所有的"约萨基德"，先知，
所有的"瓦本诺"，魔术师，
所有的"密达"，医师，
都赶来向贵宾致欢迎词：
他们说："兄弟，多谢你们的盛情，
打那么远来访问我们！"

他们团团围坐在门口，
悄悄静静地叼着烟斗，
他们等着会见嘉宾，
听他们捎来的福音；
后来那皮肤白晰的黑袍牧师，
走出屋子向他们问好，

说话微微有些口吃，

用了一串陌生的措辞；

于是人们说："兄弟们，多谢你们

的盛情，打那么远来访问我们！"

于是那先知，那黑袍首领，

给人们讲述他捎来的福音，

跟他们说明他传教的旨意，

又说起圣母马利亚，

和她的圣子，救世主，

在遥远的年代和遥远的国度

也曾象我们一样在人间居住；

他怎样禁食，祷告，劳苦；

那些犹太人，该诅咒的民族，

如何嘲笑他，折磨他，把他钉上十字架，

他又怎样从他长眠的地方复活，

和他的门徒们携手同行，

他们一同升上天庭。

各族的首领们都这样回答：

"我们已经听了你的福音，

我们已经听过你的智慧的语言，

我们要把你的话仔细思忖，

噢，兄弟们，多谢你们的盛情，

打那么远来访问我们！"

于是大家起身告辞，

各自回到自己家里，

去向年青人和妇女

讲述这些生客的故事，

说他们是生命的主宰

从瓦本的闪亮的国境派来的特使。

夏日的下午多么沉闷，

这样的炎热，又这样的寂静，

在酷热的帐篷四周，

树林悄悄地发出困倦的声音，

流水带着沉沉欲睡的声息，

在下面的海滩上泛起涟漪；

蚱蜢"勃—普—基那"在玉蜀黍田里，

尖着嗓子叫个不停；

啊，这盛夏的溽热，

使海华沙的嘉宾困顿，

在沉闷的帐篷里睡昏昏；

渐渐地，那热气蒸腾的大地

给蒙上一层黄昏的阴凉，

那一条条长长的、平坦的阳光

把枪矛射进森林，

刺破了树林里盾牌似的阴影，
冲进每一个神秘的埋伏处所，
搜寻着它的每个树丛，幽谷，洼坑；
这时，海华沙的宾客们
正在沉寂的帐篷里酣睡不醒。
海华沙从他睡的地方站起身，
向瑙柯密老婆婆辞行，
他的话说得那么低声，
免得把熟睡的客人吵醒：

"噢，瑙柯密，我就要启程，
去作一次漫长的远途旅行，
去到落日的门口，
去到那西北风基威丁——
去到那本国风的国境。
但是我留下这些客人，
留下这些客人让你照应，
当心别让灾害近他们的身，
当心别让恐惧来把他们侵凌，
决不能让他们在海华沙家里
遭到危险，引起疑心，
缺乏食物，无处安身！"

于是他走进了村庄，

向所有的战士们辞行，

向所有的青年辞行，

还这样谆谆地规劝他们：

"噢，我的人民，我即将启程，

去作一次漫长的远途旅行；

月亮要经过多少次亏盈，

严冬要递换多少个阳春，

我才能回来看你们。

但是我留下了我的客人，

你们得听从他们的金玉良言，

得听从他们真理的言论。

是生命的主宰派来了他们，

从那晨光灿烂的国境！"

海华沙站在大海之滨，

转过身，挥着手，向人们辞行；

他从那鹅卵石的海滨，

把白桦树的独木舟放下水，

让它在清澈明亮的水上航行；

对它说："向西行！向西行！"

于是独木舟向前飞奔。

黄昏的太阳正在下山，

把云朵烧成血红的火焰，
把那辽阔的天空当作草原点燃，
又在平静的水面，
留下一条五色缤纷的长痕，
海华沙就在这水面上航行，
宛如沿着一条河流，不断向西方行进，
驶入火红的落日，
驶入紫色的云霭，
驶入黄昏的幽冥。

人们站在水滨
望着他漂流，升沉，
终于，白桦树的独木舟
仿佛高高地升入五色缤纷的海洋，
终于，它沉入烟霭迷茫，
宛如一轮新月，缓缓地，缓缓地，
沉入紫红色的远方。

人们都说："永别了！
啊，海华沙，别了！"
森林阴沉而寂寥，
它们的幽荫的深处也受到感召，
叹息着："噢，海华沙，别了！"
海滨的波涛升高，

潺潺地在鹅卵石上激跃，
啜泣着："啊，海华沙，别了！"
苍鹭"沙沙嘎"也从沼泽地里，
从它经常出没的地方哀叫；
"啊，海华沙，别了！"

海华沙就这样离去，
人民热爱的海华沙就此离去，
他沐浴着落日的光辉，
驾驶着黄昏的紫色云雾，
去到他本国风的领域，
西北风基威丁的领域，
去到那极乐的岛屿，
去到"帕尼马"王国，
去到那未来的王国！

1956 年 10 月译完初稿。

1957 年 1 月修订完竣。

# 汉译文学名著

## 第一辑书目（30 种）

## 第二辑书目（30种）

| | |
|---|---|
| 枕草子 | 〔日〕清少纳言著　周作人译 |
| 尼伯龙人之歌 | 佚名著　安书祉译 |
| 萨迦选集 | 石琴娥等译 |
| 亚瑟王之死 | 〔英〕托马斯·马洛礼著　黄素封译 |
| 呆厮国志 | 〔英〕亚历山大·蒲柏著　李家真译注 |
| 波斯人信札 | 〔法〕孟德斯鸠著　梁守锵译 |
| 东方来信——蒙太古夫人书信集 | 〔英〕蒙太古夫人著　冯环译 |
| 忏悔录 | 〔法〕卢梭著　李平沤译 |
| 阴谋与爱情 | 〔德〕席勒著　杨武能译 |
| 雪莱抒情诗选 | 〔英〕雪莱著　杨熙龄译 |
| 幻灭 | 〔法〕巴尔扎克著　傅雷译 |
| 雨果诗选 | 〔法〕雨果著　程曾厚译 |
| 爱伦·坡短篇小说全集 | 〔美〕爱伦·坡著　曹明伦译 |
| 名利场 | 〔英〕萨克雷著　杨必译 |
| 游美札记 | 〔英〕查尔斯·狄更斯著　张谷若译 |
| 巴黎的忧郁 | 〔法〕夏尔·波德莱尔著　郭宏安译 |
| 卡拉马佐夫兄弟 | 〔俄〕陀思妥耶夫斯基著　徐振亚·冯增义译 |
| 安娜·卡列尼娜 | 〔俄〕列夫·托尔斯泰著　力冈译 |
| 还乡 | 〔英〕托马斯·哈代著　张谷若译 |
| 无名的裘德 | 〔英〕托马斯·哈代著　张谷若译 |
| 快乐王子——王尔德童话全集 | 〔英〕奥斯卡·王尔德著　李家真译 |
| 理想丈夫 | 〔英〕奥斯卡·王尔德著　许渊冲译 |
| 莎乐美 文德美夫人的扇子 | 〔英〕奥斯卡·王尔德著　许渊冲译 |
| 原来如此的故事 | 〔英〕吉卜林著　曹明伦译 |
| 缎子鞋 | 〔法〕保尔·克洛岱尔著　余中先译 |
| 昨日世界：一个欧洲人的回忆 | 〔奥〕斯蒂芬·茨威格著　史行果译 |
| 先知 沙与沫 | 〔黎巴嫩〕纪伯伦著　李唯中译 |
| 诉讼 | 〔奥〕弗兰茨·卡夫卡著　章国锋译 |
| 老人与海 | 〔美〕欧内斯特·海明威著　吴钧燮译 |
| 烦恼的冬天 | 〔美〕约翰·斯坦贝克著　吴钧燮译 |

## 第三辑书目（40种）

| 地粮 | 〔法〕安德烈·纪德著 | 盛澄华译 |
|---|---|---|
| 在底层的人们 | 〔墨〕马里亚诺·阿苏埃拉著 | 吴广孝译 |
| 啊，拓荒者 | 〔美〕薇拉·凯瑟著 | 曹明伦译 |
| 云雀之歌 | 〔美〕薇拉·凯瑟著 | 曹明伦译 |
| 我的安东妮亚 | 〔美〕薇拉·凯瑟著 | 曹明伦译 |
| 绿山墙的安妮 | 〔加〕露西·莫德·蒙哥马利著 | 马爱农译 |
| 远方的花园——希梅内斯诗选 | 〔西〕胡安·拉蒙·希梅内斯著 | 赵振江译 |
| 城堡 | 〔奥〕弗兰茨·卡夫卡著 | 赵蓉恒译 |
| 飘 | 〔美〕玛格丽特·米切尔著 | 傅东华译 |
| 愤怒的葡萄 | 〔美〕约翰·斯坦贝克著 | 胡仲持译 |

## 第四辑书目（30 种）

| 伊戈尔出征记 | | 李锡胤译 |
|---|---|---|
| 莎士比亚诗歌全集——十四行诗及其他 | 〔英〕莎士比亚著 | 曹明伦译 |
| 伏尔泰小说选 | 〔法〕伏尔泰著 | 傅雷译 |
| 海上劳工 | 〔法〕雨果著 | 许钧译 |
| 海华沙之歌 | 〔美〕朗费罗著 | 王科一译 |
| 远大前程 | 〔英〕查尔斯·狄更斯著 | 王科一译 |
| 当代英雄 | 〔俄〕莱蒙托夫著 | 吕绍宗译 |
| 夏洛蒂·勃朗特书信 | 〔英〕夏洛蒂·勃朗特著 | 杨静远译 |
| 缅因森林 | 〔美〕梭罗著 | 李家真译注 |
| 鳕鱼海岬 | 〔美〕梭罗著 | 李家真译注 |
| 黑骏马 | 〔英〕安娜·休厄尔著 | 马爱农译 |
| 地下室手记 | 〔俄〕陀思妥耶夫斯基著 | 刘文飞译 |
| 复活 | 〔俄〕列夫·托尔斯泰著 | 力冈译 |
| 乌有乡消息 | 〔英〕威廉·莫里斯著 | 黄嘉德译 |
| 生命之乐 | 〔英〕约翰·卢伯克著 | 曹明伦译 |
| 都德短篇小说选 | 〔法〕都德著 | 柳鸣九译 |
| 无足轻重的女人 | 〔英〕奥斯卡·王尔德著 | 许渊冲译 |
| 巴杜亚公爵夫人 | 〔英〕奥斯卡·王尔德著 | 许渊冲译 |
| 美之陨落：王尔德书信集 | 〔英〕奥斯卡·王尔德著 | 孙宜学译 |
| 名人传 | 〔法〕罗曼·罗兰著 | 傅雷译 |
| 伪币制造者 | 〔法〕安德烈·纪德著 | 盛澄华译 |
| 弗罗斯特诗全集 | 〔美〕弗罗斯特著 | 曹明伦译 |

**图书在版编目(CIP)数据**

海华沙之歌/(美)朗费罗著;王科一译.—北京:商务印书馆,2023

(汉译世界文学名著丛书)

ISBN 978-7-100-22996-8

Ⅰ.①海… Ⅱ.①朗… ②王… Ⅲ.①诗集—美国—近代 Ⅳ.①I712.24

中国国家版本馆 CIP 数据核字(2023)第 194114 号

汉译世界文学名著丛书

**海华沙之歌**

〔美〕朗费罗 著

王科一 译

商 务 印 书 馆 出 版
(北京王府井大街36号 邮政编码100710)
商 务 印 书 馆 发 行
北京市十月印刷有限公司印刷
ISBN 978-7-100-22996-8

2023 年 12 月第 1 版　　开本 850×1168　1/32
2023 年 12 月北京第 1 次印刷　　印张 9¼ 插页 1

定价:45.00 元